# La hija de la española

# La hija de la española

Karina Sainz Borgo

**Lumen**

*narrativa*

Primera edición: marzo de 2019
Sexta reimpresión: diciembre de 2019

© 2019, Karina Sainz Borgo
© 2019, Penguin Random House Grupo Editorial, S. A. U.
Travessera de Gràcia, 47-49. 08021 Barcelona

Printed in USA – Impreso en Estados Unidos

ISBN: 978-84-264-0694-1
Depósito legal: B-478-2019

Compuesto en M. I. Maquetación, S. L.

H 4 0 6 9 4 1

Penguin
Random House
Grupo Editorial

*A las mujeres y los hombres que me antecedieron.*
*Y a los que vendrán.*

*Porque todas las historias de mar son políticas y nosotros*
*trozos de algo que busca una tierra.*

Ay, nada puede intimidarte, poeta,
Ni el viento en los alambres. [...]
Levanta la cabeza
Pero que haga sentido
Lo que escribes.

YOLANDA PANTIN, «El hueso pélvico»

Me legaron valor. No fui valiente.

JORGE LUIS BORGES, «El remordimiento»

Yo mismo, como tú, fui educado en el destierro.

SÓFOCLES

Enterramos a mi madre con sus cosas: el vestido azul, los zapatos negros sin cuñas y las gafas multifocales. No podíamos despedirnos de otra manera. No podíamos borrar de su gesto aquellas prendas. Habría sido como devolverla incompleta a la tierra. Lo sepultamos todo, porque después de su muerte ya no nos quedaba nada. Ni siquiera nos teníamos la una a la otra. Aquel día caímos abatidas por el cansancio. Ella en su caja de madera; yo en la silla sin reposabrazos de una capilla ruinosa, la única disponible de las cinco o seis que busqué para hacer el velatorio y que pude contratar solo por tres horas. Más que funerarias, la ciudad tenía hornos. La gente entraba y salía de ellas como los panes que escaseaban en los anaqueles y llovían duros sobre nuestra memoria con el recuerdo del hambre.

Si todavía hablo en plural de aquel día es por costumbre, porque el pegamento de los años nos soldó como a las partes de una espada con la cual defendernos la una a la otra. Mientras redactaba la inscripción para su tumba, entendí que la primera muerte ocurre en el lenguaje, en ese acto de arrancar a los sujetos del presente para plantarlos en el pasado. Convertirlos en acciones acabadas. Cosas que comenzaron y terminaron en un tiempo extinto. Aquello que fue y no será más. La verdad era esa: mi madre ya solo existiría conjugada de otra forma. Sepultándola a ella cerraba mi infancia de hija sin hijos. En aquella ciudad en trance de morir, nosotras lo habíamos perdido todo, incluso las palabras en tiempo presente.

Seis personas acudieron al velatorio de mi madre. Ana fue la primera. Llegó arrastrando los pies, sostenida de un brazo por Julio, su marido. Ana parecía atravesar un túnel oscuro que desembocaba en el mundo que habitábamos los demás. Desde hacía meses, se había sometido a un tratamiento con benzodiacepina. El efecto comenzaba a evaporarse. Apenas le quedaban pastillas suficientes para completar la dosis diaria. Como el pan, el Alprazolam escaseaba y el desánimo se abría paso con la misma fuerza de la desesperación de quienes veían desaparecer todo cuanto necesitaban: las personas, los lugares, los amigos, los recuerdos, la comida, la calma, la paz, la cordura. «Perder» se convirtió en un verbo igualador que los Hijos de la Revolución usaron en nuestra contra.

Ana y yo nos conocimos en la Facultad de Letras. Desde entonces, compartimos una sincronía para nuestros propios infiernos. Esta vez también. Cuando mi madre ingresó en la Unidad de Cuidados Paliativos, los Hijos de la Revolución arrestaron a Santiago, su hermano. Ese día apresaron a decenas de estudiantes. Terminaron con la espalda en carne viva por los perdigones, apaleados en una esquina o violados con el cañón de un fusil. A Santiago le tocó La Tumba, una combinación de las tres cosas dosificada en el tiempo.

Pasó más de un mes dentro de aquella cárcel excavada cinco pisos por debajo de la superficie. No había sonidos ni ventanas, tampoco luz natural o ventilación. Solo se escuchaba el paso y el traqueteo de los rieles del metro por encima de la cabeza. Santiago ocupaba una de las siete celdas alineadas, una detrás de la otra, así que no era capaz de ver ni saber quiénes más estaban detenidos junto a él. Cada calabozo medía dos por tres metros. El suelo y las paredes eran blancos. También las camas y las rejas a través de las que hacían pasar una bandeja con alimentos. Jamás les daban cubiertos: si querían comer, debían hacerlo con las manos.

Ana había dejado de tener noticias de Santiago hacía semanas. Ni siquiera recibía ya la llamada por la que pagaban sumas semanales de dinero; tampoco la estropeada fe de vida que le llegaba en forma de fotos, desde un número de teléfono que nunca era el mismo.

No sabemos si está vivo o muerto. «No sabemos nada de él», me contó Julio en voz muy baja, apartándose de la silla en la que Ana se miró los pies durante treinta minutos. En todo ese tiempo, levantó la mirada para hacer tres preguntas.

—¿A qué hora enterrarán a Adelaida?

—A las dos y media.

—Ya —murmuró—. ¿Dónde?

—En el cementerio de La Guairita, en la parte vieja. Mi mamá compró la parcela hace mucho tiempo. Tiene bonitas vistas.

—Ya... —Ana parecía hacer un esfuerzo adicional, como si pronunciar aquellas palabras resultara una tarea titánica—.

¿Quieres quedarte con nosotros hoy, mientras pasa lo más duro?

—Saldré hacia Ocumare mañana muy temprano para ver a mis tías y dejarles algunas cosas —mentí—. Te lo agradezco. Tú tampoco lo estás pasando muy bien.

—Ya. —Ana me dio un beso en la mejilla y se marchó. Quién quiere velar a un muerto ajeno cuando barrunta el suyo.

Aparecieron dos maestras jubiladas con las que mi madre aún mantenía contacto: María Jesús y Florencia. Dieron sus condolencias y se marcharon también rápido, conscientes de que nada de cuanto dijeran corregiría la muerte de una mujer demasiado joven para desaparecer. Salieron de ahí apretando el paso, como si intentaran ganar ventaja a la parca antes de que fuera a buscarlas también a ellas. A la funeraria no llegó ni una sola corona de flores excepto la mía. Un centro de claveles blancos que apenas cubría la mitad superior del ataúd.

Las dos hermanas de mi madre, mis tías Amelia y Clara, no acudieron. Eran mellizas. Una era gorda y la otra flaquísima. Una comía sin parar y la otra desayunaba una tacita de caraotas negras mientras daba chupadas a un cigarrillo de liar. Vivían en Ocumare de la Costa, un pueblo del estado de Aragua cercano a la bahía de Cata y Choroní. Ese lugar donde el agua azul lame la arena blanca y al que separan de Caracas carreteras intransitables que se caían a pedazos.

A sus ochenta años, las tías Amelia y Clara habrían hecho, como mucho, un viaje a Caracas en toda su vida. No salieron de aquel poblacho ni siquiera para ir al acto de grado de mi mamá, la primera universitaria de la familia Falcón. Lucía preciosa en aquellas fotos, de pie, en el aula magna de la Universidad Central de Venezuela: los ojos muy maquillados, el cardado del pelo aplastado bajo el birrete, sujetando el título con las manos rígidas y una sonrisa más bien solitaria, como de mujer con rabia. Mi mamá guardaba aquella fotografía junto con su expediente académico de licenciada en Educación y el anuncio que mis tías contrataron en *El Aragüeño*, el periódico regional, para que todo el mundo supiera que las Falcón ya tenían una profesional en la familia.

A mis tías las veíamos poco. Una o dos veces al año. Viajábamos al pueblo durante los meses de julio y agosto, a veces en carnaval o Semana Santa. Les echábamos una mano con la pensión y además ayudábamos a aligerar la carga económica. Mi madre les dejaba algún dinero y de paso las chinchaba: a una para que dejara de comer y a la otra para que comiera. Ellas nos agasajaban con desayunos que a mí me daban náuseas: carne mechada, chicharrón frito, tomate, aguacate y café de guarapo, un brebaje con canela y papelón que colaban con una media de tela y con el que me perseguían por toda la casa. El bebedizo me ocasionó no pocos desmayos, de los que ellas me despertaban con sus quejas de matronas locas.

—¡Adelaida, chica, si mi mamá viera a esta niña, tan flacuchenta y enclenque, le daba tres arepas con manteca! —decía mi tía Amelia, la gorda—. ¿Qué le haces a esta criatura? Parece un arenque frito. Espérate aquí, m'hija. Ya vengo... ¡No te muevas, muchachita!

—Amelia, deja a la niña; que tú tengas hambre todo el tiempo no significa que el resto también —respondía mi tía Clara desde el patio mientras vigilaba sus árboles de mango, fumando un cigarrillo.

—Tía, qué haces allá fuera. Entra, ya vamos a comer.

—Espérate, estoy viendo si los sinvergüenzas del terreno de al lado vienen a tumbar los mangos con una vara. El otro día se llevaron tres bolsas.

—Aquí está; cómete solo una si quieres, pero hay tres más —decía mi tía Amelia, de vuelta de la cocina, con un plato en el que había servido dos bollos de harina rellenos de picadillo de cochino frito—. Falta te hace. ¡Come, come, m'hija, que se enfría!

Después de fregar los platos, se sentaban las tres en el patio a jugar bingo hasta que remitiera la plaga, aquellas nubes de zancudos que aparecían puntuales a las seis de la tarde y que espantábamos con el humo que desprendían las brozas secas al contacto con el fuego. Hacíamos una pira y nos juntábamos para verla arder bajo el sol extinto del día. Entonces alguna de las dos, unas veces Clara y otras Amelia, se revolvían en sus poltronas de esterilla y, refunfuñando, decían la palabra mágica: «Difunto».

Así se referían a mi padre, un estudiante de Ingeniería al que los planes de boda se le borraron de la cabeza cuando mi madre le dijo que esperaba un bebé. A juzgar por la rabia que destilaban mis tías, cualquiera diría que las dejó plantadas a ellas también. Lo recordaban mucho más ellas que mi madre, a la que jamás escuché pronunciar su nombre. Porque de mi papá nunca más se supo. Al menos así me lo contó ella. Me pareció una explicación más que razonable para no extrañar su ausencia. Si él jamás había querido saber de nosotras, por qué teníamos que esperar algo de su parte.

Nunca entendí la nuestra como una familia grande. La familia éramos mi madre y yo. Nuestro árbol genealógico comenzaba y acababa en nosotras. Juntas formábamos un junco, una especie de planta de sábila de esas que son capaces de crecer en cualquier lugar. Éramos pequeñas y venosas, casi nervadas, acaso para que no nos doliera si nos arrancaban un trozo o incluso la raigambre entera. Estábamos hechas para resistir. Nuestro mundo se sostenía en el equilibrio que ambas fuésemos capaces de mantener. El resto era algo excepcional, añadido, y por eso prescindible: no esperábamos a nadie, nos bastábamos la una a la otra.

Demolición. Esa fue la sensación que tuve mientras marcaba el número de teléfono de la pensión de las Falcón el día del velatorio de mi mamá. Tardaron en contestar. Dos mujeres achacosas en ese caserón difícilmente podían superar la distancia que iba del patio hasta el salón, donde conservaban un pequeño teléfono de monedas que ya nadie usaba pero que aún marcaba línea y recibía llamadas. Mis tías regentaban su hostal desde hacía treinta años. En todo ese tiempo no habían cambiado ni siquiera un cuadro. Así eran ellas, inverosímiles, como los apamates pintados en telas llenas de polvo que decoraban aquellas paredes cubiertas de grasa y tierra.

Después de varios intentos, al fin atendieron. Recibieron la noticia de la muerte de mi madre con ánimo oscuro y pocas palabras. Las dos se pusieron al teléfono. Primero Clara, la flaca, y luego Amelia, la gorda. Me ordenaron retrasar el entierro, al menos el tiempo que tardaran en comprar un billete para el siguiente autobús que saliera desde Ocumare hacia Caracas. Tres horas de viaje en una vía llena de baches y delincuentes las separaban de la capital. Aquellas condiciones, sumadas a la vejez y las enfermedades —diabetes una y artritis la otra—, las habrían machacado. Me pareció motivo suficiente para disuadirlas de su viaje. Las despedí con la promesa de que iría a verlas —mentí— y que juntas celebraríamos un novenario en la capilla del pueblo. Accedieron de mala gana. Colgué el teléfono con una certeza: el mundo, tal y como lo conocía, había comenzado a desmoronarse.

Ya casi al final de la mañana, dos vecinas del edificio se acercaron para darme el pésame y, de paso, desplegar el repertorio de consolaciones. Algo tan inútil como tirar pan a las palomas. A María, la enfermera del sexto, le dio por hablar de la vida eterna. Gloria, la del *penthouse*, parecía más interesada en saber qué iba a ser de mí ahora que me encontraba «sola». Porque, claro, aquel apartamento era demasiado grande para una mujer sin hijos. Porque, claro, tal y como estaban las cosas, ya habría pensado yo en alquilar al menos una de las habitaciones. Que hoy se pagan en dólares, y, bueno, eso si hay suerte con un conocido. Gente decente, buena paga. Porque hay mucho malandro, decía Gloria. Y como la soledad no es buena y tú ahora estás sola, conviene tener gente cerca, al menos por si ocurre alguna emergencia, ¿no? Tendrás conocidos a quienes alquilar, ¿verdad, muchacha? Y si no, claro, ella decía tener una prima lejana que desde hacía tiempo buscaba mudarse a la ciudad. ¡Qué mejor oportunidad!, ¿verdad? Ella se muda a tu casa y así tú ganas un dinero extra. ¿A que es una gran idea?, me espetó ante el ataúd cerrado de mi madre recién muerta. Porque, habrase visto, con esta inflación pagar los médicos, y el funeral, y la parcela del cementerio. Porque todo esto te habrá costado un dineral, ¿no? Algo habrás ahorrado, seguro, pero con tus tías ya tan mayores y tan lejos vas a necesitar ingresos adicionales. Por eso te voy a poner en contacto con mi prima, para que le des uso a esa habitación.

Gloria no dejó de hablar de dinero ni un solo instante. Algo en sus ojitos roedores insistía en detectar qué tajada podía sacar ella de mi situación o al menos enterarse de cómo mejorar la suya a partir de la mía. Así vivíamos todos entonces: mirando qué había en la bolsa de la compra del otro y olisqueando si el vecino llevaba algo que escaseara para buscar dónde conseguirlo. Todos nos convertimos en sospechosos y vigilantes, travestimos la solidaridad en depredación.

Las mujeres se marcharon a las dos horas, harta una de escuchar las indiscreciones de la otra, y cansada ya la otra de no poder averiguar qué sería de mi hacienda ahora que faltaba mi madre.

Vivir se había convertido en salir a cazar y regresar vivo. En eso consistían nuestros actos más elementales, incluso el de sepultar a nuestros muertos.

—El alquiler de la capilla le costará cinco mil bolívares fuertes.

—Cinco millones de bolívares de los de antes, querrá decir.

—Sí, eso. —El empleado de la funeraria atildó la vocecita—. Como usted ya trae el certificado de defunción, le sale más barato. De otra forma, costaría siete mil bolívares fuertes, por la emisión del documento.

—Siete millones de bolívares de los de antes, ¿no?

—Sí, eso.

—Ya.

—¿Quiere o no contratar el servicio? —soltó con cierta exas-peración.

—¿Le parece que estoy como para elegir?

—Eso lo sabrá usted.

Pagar el velatorio fue todavía más complicado que sufragar los últimos días de mi madre en la clínica. El sistema bancario era una ficción. Los de la funeraria no tenían datáfono para las tarjetas, tampoco aceptaban transferencias de dinero y yo no disponía de efectivo suficiente para completar la cantidad que me pedían, algo así como dos mil veces mi sueldo. De haberlo tenido, tampoco lo habrían aceptado. En esos días nadie quería billetes. Era papel sin valor. Había que disponer de grandes fa-jos para comprar cualquier cosa, desde una botella de gaseosa —si había— hasta un paquete de chicle, que en esos días se conseguía, a veces, por diez o doce veces su valor original. El dinero se convirtió en una escala urbanística. Eran necesarias dos torres de billetes de a cien para comprar, cuando la había, una botella de aceite; a veces tres para un cuarto de kilo de que-so. Rascacielos sin valor; eso era la moneda nacional: un cuento chino. A los pocos meses ocurrió lo contrario: el dinero desa-pareció. Entonces ya no tuvimos nada que entregarnos a cam-bio de lo poco que se conseguía.

Opté por la solución más sencilla: saqué del monedero el último billete de cincuenta euros que había comprado meses atrás en el mercado negro y lo extendí al gerente de la funeraria, que se abalanzó sobre él con los ojos inyectados en asombro. Probablemente conseguiría cambiarlo por veinte veces su valor oficial, o incluso treinta, con respecto a como lo había pagado yo. Cincuenta euros, una cuarta parte de lo que había quedado de mis ahorros, que yo guardaba envueltos en una braga rota con la que pretendía despistar a los que pudieran venir a casa a robarnos. El trabajo a destajo para una editorial mexicana radicada en España —me pagaban en moneda extranjera— y las liquidaciones con retraso de los manuscritos corregidos nos permitieron a mi madre y a mí ir tirando. Pero las últimas semanas nos fulminaron. La clínica nos cobraba por todo aquello que no tenía y que debíamos comprar en el mercado negro por tres o cuatro veces su valor original: desde las jeringas y las bolsas de suero hasta las gasas y el algodón que un enfermero con aspecto de matarife me proporcionaba tras pedirme una cantidad de dinero exorbitante, casi siempre mayor a la que habíamos acordado.

Todo desaparecía casi con la misma velocidad con la que mi madre perdía la vida tendida en una cama con sábanas que yo debía llevar lavadas de casa cada día y que parecían derretirse con los humores de una habitación compartida con tres enfermos más. No había una sola clínica en la ciudad que no tuviese listas de espera para ocupar una plaza. La gente enfermaba y moría tan rápido como perdía el juicio. Nunca me planteé someter a mi madre a un hospital de la sanidad pública; habría sido como llevarla a morir arrimada en un pasillo entre delincuentes acribillados a balazos. La vida, el dinero, las fuerzas se nos acababan. Hasta el día duraba menos. Estar en la calle a las seis de la tarde era una manera estúpida de rifarse la existencia. Cualquier cosa podía matarnos: un disparo, un secuestro, un robo. Los apagones se alargaban horas y empalmaban las puestas de sol con una oscuridad perpetua.

A las dos de la tarde se presentaron en la capilla los empleados de la funeraria. Dos sujetos vestidos con trajes oscuros, confeccionados con una tela vulgar. Los hombretones sacaron el ataúd y lo arrojaron sin cuidado dentro de un Ford Zephyr convertido en berlina funeraria. Yo misma cogí la corona de flores y la deposité sobre el ataúd para dejar claro que aquello era mi madre, no una bandeja de mortadela. En un lugar en el que la muerte se equiparaba a las bajas por una peste, el cadáver de Adelaida Falcón, mi mamá, era eso: un fiambre, un cuerpo sin vida que se amontonaba junto a muchos otros. Aquellos hombres la trataban como al resto: sin compasión.

Subí al asiento del copiloto y miré al chófer de reojo. Tenía el pelo cano y la piel rota de los morenos que se hacen viejos. «¿A cuál cementerio vamos?, ¿a La Guairita?» Asentí. No nos dijimos nada más. Me dejé mecer por el viento caliente de la ciudad, por su olor ácido y dulzón, a cáscaras de naranjas que se pudren dentro de una bolsa de basura bajo el sol. Demoramos el doble de tiempo de lo usual en atravesar la autopista, la misma que desde hacía cincuenta años prestaba servicio a una ciudad que había triplicado la población para la que originalmente había sido diseñada.

El Zephyr carecía de amortiguadores y la vía llena de baches se convirtió en un nuevo calvario. El ataúd de mi madre daba tumbos en aquella cabina sin correas que lo sujetaran. Mientras miraba en el espejo retrovisor la caja de enchapado —no podía pagar una de madera—, pensé cuánto me habría gustado darle a mi mamá un funeral digno. Ella habría pensado lo mismo, muchas veces. Habría deseado darme cosas mejores: una lonchera más mona, como las rosadas con ribetes dorados que las niñas cambiaban cada octubre y no aquella plástica azul obrero que ella limpiaba a conciencia todos los septiembres; una casa más grande, con jardín, en el este de la ciudad, y no aquel piso pajarera en el oeste. Nunca cuestioné nada que proviniera de mi mamá, porque sabía cuánto le había costado dármelo. Cuántas clases particulares necesitó dar para pagar mi educación en un colegio privado o mis cumpleaños con bizcochos, gelatina y refrescos servidos en vasos de plástico. Ella nunca lo dijo. No fue necesario explicar de dónde venía el dinero que sostenía la casa, porque yo lo veía día tras día.

Mi madre impartía lecciones los martes, miércoles y jueves de cada semana. Durante las vacaciones, aquellas clases se convertían en sesiones diarias para los estudiantes que tenían que examinarse en septiembre para no reprobar el curso. A las cuatro menos cuarto, mi mamá retiraba el mantel de lona de la mesa del comedor. Colocaba lápices, un sacapuntas, varios folios en blanco, un plato con galletas María y una jarra de agua con dos vasos de vidrio. Vi pasar muchos niños por casa. Todos tenían el mismo gesto anémico, faltos de vida y de interés. Niños y niñas gordos, desnutridos por las toneladas de chocolate y televisión con las que llenaban las tardes de una ciudad que fue quedándose sin parques para jugar. Crecí en un lugar repleto de columpios y toboganes de metal oxidado a los que nadie acudía por temor a la delincuencia, que en aquel tiempo ni soñaba rozar las dimensiones que adquirió con el paso de los años.

Ella resumía para sus alumnos la lección básica: sujeto, verbo y predicado, luego los complementos directos, indirectos y circunstanciales. No había forma alguna de que acertaran sino después de mucho insistir, y a veces ni siquiera así. Fueron tantos los años corrigiendo exámenes escritos a lápiz, preparando las clases de la mañana y supervisando los deberes de sus alumnos de las tardes que mi madre perdió la vista. Al final de sus días, apenas si podía desprenderse de aquellas gruesas gafas de pasta de montura color nácar. Era incapaz de hacer nada sin ellas. Aunque la lectura diaria del periódico se volvió cada vez más lenta y difícil, jamás renunció a utilizarlas. Le parecía un gesto civilizado.

Adelaida Falcón, mi mamá, era una mujer culta. La biblioteca de nuestra casa estaba formada por los libros de Círculo de Lectores, aquella colección de clásicos universales y contemporáneos, con sus tapas duras de colores eléctricos que usé miles de veces mientras estudiaba la carrera de Letras y que terminé por asumir como míos. Aquellos volúmenes ejercían una fascinación poderosa sobre mí, más que las loncheras rosadas que mis compañeras estrenaban cada octubre.

Cuando llegamos al cementerio, ya estaba abierto el hoyo con dos fosas. Una para ella, otra para mí. Mi madre había comprado la parcela años atrás. Mirando aquel hueco de arcilla, pensé en una frase de Juan Gabriel Vásquez que leí en una de las galeradas que tuve que corregir unas semanas antes: «Uno es del lugar donde están enterrados sus muertos». Al observar el césped rasurado alrededor de su tumba, entendí que mi único muerto me ataba a una tierra que expulsaba a los suyos con la misma fuerza con la que los engullía. Aquella no era una nación, era una picadora.

Los operarios sacaron a mi madre del Ford Zephyr y la acomodaron en su tumba haciendo polea con unas correas viejas llenas de remaches. Al menos a ella no le ocurriría lo que a mi abuela Consuelo. Yo era muy pequeña, pero lo recuerdo aún. Fue en Ocumare. Hacía calor, uno más húmedo y salado que el de esta tarde sin mar. Yo tenía la lengua en carne viva por los cafés aguarapados y me entretenía mordisqueando las papilas abrasadas por aquel brebaje que mis tías me obligaban a beber entre un avemaría y otro. Los sepultureros del pueblo bajaban el ataúd de la abuela Consuelo con dos mecates deshilachados, parecidos a estos, pero más delgados aún. El cofre resbaló desigual y con el golpe se abrió como un pistacho. La abuela tiesa golpeó el cristal y el cortejo pasó del responso al grito. Dos jóvenes intentaron enderezarla, cerrar la caja y seguir con el asunto, pero todo se complicó. Mis tías daban vueltas alrededor del hoyo, llevándose las manos a la cabeza y recitando a la plana mayor de la Iglesia católica. San Pedro, San Pablo, Virgen Santísima, Virgen Purísima, Reina de los Ángeles, Reina de los Patriarcas, Reina de los Profetas, Reina de los Apóstoles, Reina de los Mártires, Reina de los Confesores, Reina de las Vírgenes. Ruega por nosotros...

Mi abuela, una mujer sin ternura a la que algún gracioso terminó por sembrarle una mata de ají picante a los pies de su tumba, murió en una cama llamando a sus ocho hermanas muertas. Ocho mujeres vestidas de negro. Las vio al pie de la tela de mosquitero bajo el que se hundía impartiendo sus últimas órdenes, al menos eso me contó mi madre. Ella, en cambio, no disponía de una corte de parientes a los que mandar desde su trono, envuelta entre almohadones y escupideras. Solo me tenía a mí.

Un sacerdote con dequeísmo recitó de memoria un misal por el alma de Adelaida Falcón, mi mamá. Los obreros dieron paladas de arcilla mezclada con piedras y sellaron la fosa con una placa de cemento, ese entresuelo que nos separaría a ambas hasta que volviésemos a juntarnos bajo la tierra de una ciudad en la que hasta las flores depredan. Me di la vuelta. Despedí con un gesto al sacerdote y los operarios. Uno de ellos, un moreno flaco con ojos de víbora, me sugirió que me diera prisa. En lo que iba de semana habían robado a mano armada en tres entierros. Y no querrá usted pasar ningún susto, dijo mirándome las piernas. No supe si aquello era un consejo o una amenaza.

Subí al Ford Zephyr dándome la vuelta a cada rato. No podía dejarla ahí. No podía marcharme pensando en lo poco que demoraría algún ratero en abrir la tumba de mi madre para robarle las gafas, o los zapatos o los huesos, que se cotizaban al alza en aquellos días en los que la brujería se convirtió en la religión nacional. País sin dientes que degüella gallinas. En ese instante, por primera vez en meses, lloré con el cuerpo entero, con espasmos de miedo y dolor. Lloraba por ella. Por mí. Por lo único que habíamos sido. Por aquel lugar sin ley en el que, al caer la noche, Adelaida Falcón, mi mamá, seguiría a merced de los vivos. Lloré pensando en su cuerpo, sepultado bajo una tierra que nunca nos traería paz. Cuando me senté junto al conductor no me quería morir: ya estaba muerta.

La parcela se encontraba muy alejada de la salida del cementerio. Para volver a la carretera principal era necesario tomar un atajo que tenía el aspecto de un camino de cabras. Curvas. Pedruscos. Senderos sin podar. Terraplenes sin guardabarreras. El Ford Zephyr descendía ahora por el mismo camino que antes habíamos subido. El chófer daba volantazos en cada curva. Apagada, desenchufada de mí misma, me daba igual ya cualquier cosa. Que nos matásemos o no. Por fin redujo la marcha y se inclinó sobre el volante renegrido y grasiento. «¿Qué carajo es eso...?», dijo con la mandíbula desencajada. El obstáculo se desplegó ante nosotros como un alud: una caravana de motocicletas.

Eran veinte o treinta, todas aparcadas en medio de la vía, cortando el paso en ambos sentidos. Sus conductores vestían las camisetas rojas que la administración pública había repartido en los primeros años de Gobierno. Era el uniforme de los Motorizados de la Patria, una infantería con la que la Revolución barría cualquier protesta contra el Comandante Presidente —así llamaron al líder de los revolucionarios tras la cuarta victoria electoral— y que con el tiempo desbordó sus territorios, competencias y objetivos. Cualquiera que cayese en sus manos se convertía en víctima... ¿De qué? Eso dependía del día y de la patrulla.

Cuando se acabó el dinero para financiar a los Motorizados, el Estado decidió compensarlos con una propina. No cobrarían el salario revolucionario completo, pero tendrían patente para saquear y arrasar sin control. Nadie los tocaba. Nadie los controlaba. Cualquiera con ganas de matar y morir podía apuntarse en sus listas, aunque muchos actuaban en su nombre sin tener siquiera conexión con la estructura original. Llegaron a formar pequeñas cooperativas con las que cobraban peajes en algunas zonas de la ciudad. Levantaban una tienda de campaña con tres sillas y ahí echaban el día, recostados sobre aquellas motos desde las que avistaban a su presa y sobre las que montaban para darle caza a punta de pistola.

El chófer y yo no nos miramos. El grupo de motorizados no había advertido aún nuestra presencia. Estaban todos de pie alrededor de un altar improvisado hecho con dos motos sobre las que habían apoyado un ataúd cerrado. Allí congregados formaban una rueda alrededor de aquella caja a la que propinaban ramazos y contra la que escupían buches de alcohol. Empinaban, bebían y escupían. «Es un entierro de malandros —dijo el conductor—. Si es usted de rezar, rece m'hija», y tiró de la palanca de retroceso junto al volante.

El tiempo que tardó en dar marcha atrás fue suficiente para ver lo que parecía el momento más animado de un aquelarre. Una mujer de cabello estropeado, vestida con chanclas, pantalón corto y camiseta roja, había subido a horcajadas a una niña sobre el ataúd. Debía de ser su hija, al menos a juzgar por el gesto orgulloso con el que le alzaba la falda al tiempo que le propinaba azotes en el culo mientras la pequeña bailaba al ritmo de una música estridente. A cada nalgada, la niña —de unos doce años como mucho— se sacudía con más fuerza, siempre al compás de la canción que emitían los altavoces de los tres automóviles y la buseta aparcados al otro lado de la curva. «Tumba-la-casa-mami, pero que tu-tumba-la-casa-mami; tumba-la-casa-mami, pero que tu-tumba-la-casa-mami», recitaba aquel reguetón que cargaba el ambiente de un vapor aún más denso. Nunca un sepulcro tuvo tan ardiente reclamo.

La niña sacudía la pelvis sin expresión en el rostro, ajena a los pitorreos y procacidades, incluso a los azotes de una madre que parecía subastarla a la más solvente de las bestias que rodeaban a su virgen. Cada embestida imaginaria de la criatura despertaba el hambre y el llanto de los hombres y mujeres, que volvían a escupir aguardiente a la vez que aplaudían. El Ford Zephyr alcanzaba ya distancia suficiente, pero aún pude ver cómo una segunda chica, algo entrada en carnes, se subía también al ataúd y se acomodaba a horcajadas, frotando su sexo contra la lámina de latón que ardía abrasada por el sol y bajo la que alguien, un hombre quizá, debía de reposar rígido esperando la pudrición.

En medio del calor y el vapor de aquella ciudad separada del mar por una montaña, cada célula de aquel cuerpo muerto comenzaría a hincharse. La carne y los órganos, a fermentarse. Gases y ácidos. Pústulas y pequeños globos reventados atraerían a las moscardas de la carne, las que nacen en los cuerpos sin vida y revolotean entre la mierda. Miré a la chica frotarse contra algo muerto, algo a punto de criar gusanos. Ofrecer el sexo como el último tributo para una vida arrancada a balazos. Una invitación a reproducirse, a parir y traer al mundo más y más de su estirpe: toneladas de gente a la que la vida le dura poco, como a las moscas y las larvas. Seres que sobreviven y se perpetúan alojados en la muerte de otros. Yo también alimentaré a esas moscas. «Uno es del lugar donde están enterrados sus muertos», pensé.

Por el efecto de la solana de las tres de la tarde, sobre el asfalto se había levantado ese espejismo que borra los paisajes en medio del calor: aquella concentración de hombres y mujeres refulgía como una parrilla de vida y muerte. Nos alejamos del sendero y emprendimos la ruta por un atajo todavía peor. Yo solo pensaba en ese momento en el que el sol se ocultaría y borraría la luz sobre la colina en la que había dejado a mi madre sola. Entonces volví a morir. Jamás pude resucitar de las muertes que se acumularon en mi biografía aquella tarde. Ese día me convertí en mi única familia. La última parte de una vida que no tardarían en arrebatarme, a machetazos. A sangre y fuego, como todo lo que ocurre en esta ciudad.

Creí que tres cajas bastarían para deshacerme de los objetos de mi mamá. Pero me equivoqué. Necesitaba más. Ante la alacena inspeccioné lo que quedaba de los platos de La Cartuja. Un menaje de piezas sueltas con las que tres comensales hubiesen podido comer la sopa, el seco y el postre de los hogares modestos. Eran lozas rematadas con orlas color borgoña y una estampa campestre en el centro. Poca cosa, una vajilla sincera y modesta. Nunca supe de dónde había salido ni por qué había llegado a la casa.

En nuestra historia no había bodas con listas de regalos, tampoco abuelas de acento canario o perfil andaluz que sirvieran en esas fuentes las torrijas fritas de los días de Semana Santa. Nosotras colocábamos en ellas nuestras verduras sin aceite y los pollos tristes a los que mi madre arrancaba la piel en silencio. Usando aquellos platos no honrábamos a nadie. No veníamos de nadie ni pertenecíamos a nada. Mi mamá me contó, ya al final de su agonía, que esa vajilla de dieciocho piezas se la había regalado mi abuela Consuelo el día en que logró al fin reunir el dinero para comprar el pequeño apartamento en el que durante mucho tiempo vivimos como inquilinas. Era el ajuar del reino que inaugurábamos ambas en nuestra vida sin jardines.

La vajilla se la había dejado a la abuela Consuelo su hermana Berta, una mujer de ojos indios y piel negra que se casó con Francisco Rodríguez, un extremeño que la pidió en matrimonio a los seis meses de su llegada a Venezuela y que levantó la pensión de las Falcón, ladrillo a ladrillo, bajo la canícula de las costas de Aragua. Cuando el extremeño murió, todos en el pueblo comenzaron a llamar a la tía Berta la viuda del *musiú*, aquel mote que asignaban a todos los europeos que hicieron vida en los años cuarenta en el país; una traducción, digamos, del *monsieur* francés. Del extremeño, me dijo mi madre, solo existía una fotografía, la del día de su boda con Berta Falcón, que entonces pasó a llamarse Berta Rodríguez. Él, un hombre de corpachón de armario, aparecía vestido de domingo junto a una mulata poderosa y entrada en carnes, me contó mi mamá de la foto que yo jamás llegué a ver.

Mi madre y yo comíamos en los platos de gente muerta. Cuánto habría guisado la tía Berta para servir en ellos la ración puntual del hogar. ¿Cocinaría el recetario de mujer grande que se mueve como barco en una cocina con olor a clavo y canela? Daba igual, aquellos platos solo arrojaban una verdad: mi mamá y yo nos parecíamos únicamente a nosotras mismas. Por mis venas corría una sangre que nunca me ayudaría a escapar. En aquel país en el que todos estaban hechos de alguien más, nosotras no teníamos a nadie. Aquella tierra era nuestra única biografía.

Antes de envolverlo en una hoja de papel periódico, miré el azucarero que jamás llegamos a utilizar y que quedó arrumbado como un objeto inútil. Nunca endulzamos nada de cuanto nos llevamos a la boca. Nuestra estampa delgaducha se parecía a la del árbol que presidía el patio de tierra de la pensión de las Falcón y del que se desprendían unas frutas oscuras y ácidas. Las llamábamos «ciruelas de huesito» por la poca carne y la mucha semilla. El centro las distinguía del resto de las frutas. Era una especie de guijarro, un hueso áspero rematado por una pulpa agria que daba nombre a esos árboles resecos y pequeños que una vez al año se cargaban con el milagro de su fruto.

La ciruela de huesito crecía en suelos pobres de la costa. Los niños se trepaban en las ramas de aquellos árboles y permanecían posados sobre ellas como cuervos mientras daban cuenta de sus frutos. Criaturas que sorbían lo poco que la tierra les daba. Si nuestros viajes a Ocumare coincidían con la temporada, volvíamos con dos o tres bolsas cargadas de ciruelas. Me tocaba a mí recoger las mejores. Con ellas mis tías preparaban un dulce espeso. Las dejaban en remojo toda la noche y luego las hervían en agua. El resultado final era una melaza de papelón oscuro que formaban la ralladura de la panela y las ciruelas luego de cocinarse a fuego lento durante horas. No todas las ciruelas valían. Era preciso elegir las que parecían a punto de caer de la rama. Si estaban verdes, mejor ni tocarlas; pintonas tampoco, porque amargaban el caldo. Tenían que ser las maduras, ya casi moradas, gorditas y flojas.

Recolectarlas exigía un procedimiento meticuloso, acompañado de no pocas instrucciones.

—Las aprietas, así; mira bien.

—Si está blanda como esta, la metes en la bolsa; las otras las apartas y las envuelves luego con el papel periódico.

—Para que maduren. Si no le explicas bien, Amelia, cómo quieres que entienda. No comas muchas, mira que purgan.

—Llévate esta bolsa.

—Esa no, Amelia, ¡esta!

Clara y Amelia se quitaban la palabra la una a la otra. Yo asentía y luego me dejaban ir en paz. Me perdía por el pasillo, en dirección al patio. Trepaba al árbol y comenzaba a arrancar las ciruelas. Algunas cedían fácil; otras se resistían hasta que la fuerza de un tirón las hacía caer todas de golpe. Al acabar, entregaba a mis tías las más maduras, perfectas para el dulce con almíbar que preparaban en grandes ollas colmadas de fruta y melado. Aún recuerdo su perfil recortado por los vapores, una nube que a mí se me antojaba inmensa y que cubría el cuerpo de aquellas mujeres morenas y macizas mientras vertían kilos de azúcar en agua hirviendo y removían con fuerza usando sus cucharas de madera.

—Sal de aquí, muchachita. Si te cae una olla mondonguera de estas en la cabeza... —decía una.

—... vas a ir a llorar pa'l valle —remataba la otra.

Aprovechaba el regaño para escabullirme con la única intención de rescatar la pequeña porción de ciruelas escondidas en el jardín, todas para mí.

Encaramada en la rama más alta del árbol, las chupaba hasta la semilla. Sorbía y mordisqueaba hasta el hueso, en el que quedaba siempre pegada la escasa carne verdosa. Comer ciruela de huesito era un acto de perseverancia. Había que desollar la piel dura, rasgar y arrancar con los dientes hasta raspar el corazón rocoso. Una vez lisa, pasaba la semilla de un lado de la boca al otro, como un caramelo. Y aunque mi madre me amenazaba con que si me la tragaba me crecería una mata de ciruelas en el estómago, yo disfrutaba dando cuenta de su escasa pulpa. Solo cuando las semillas estaban secas por completo las escupía, disparando pedruscos ensalivados que caían sin puntería al suelo, rozando apenas a los perros hambreados, que me miraban como si esperaran a que compartiera con ellos mi merienda. Yo intentaba alejarlos dando manotazos en el aire. Pero ellos, con sus ojos de caniche flaco y sarnoso, se quedaban ahí, tiesos como estatuas, viéndome comer.

En mis sueños aparecía también aquel árbol de ciruelas. A veces brotaba de las alcantarillas de la ciudad, otras del fregadero del apartamento o del lavadero de la pensión de las Falcón. Jamás quería despertar de aquellas imágenes. Embellecidos con respecto a los originales, los árboles de mis sueños se revelaban siempre colmados de ciruelas nacaradas que se transformaban en orugas y capullos escarchados en los que encontraba una rara y repugnante belleza. Se movían, imperceptibles, como los músculos de los caballos que pasaban a veces por la carretera, aquellas bestias de patas acalambradas de tanto acarrear la caña de azúcar y el cacao que los pulperos descargaban para vender en el mercado de Ocumare. Así ocurría todo en aquel pueblo: como si el siglo XIX jamás hubiese desaparecido ante la llegada del progreso. De no ser por el alumbrado público y los camiones de cerveza Polar que subían por la carretera, nadie habría creído que corrían los años ochenta.

Para no olvidar la estampa de esos árboles inverosímiles que brotaban en sueños, los dibujaba en mi bloc Caribe de cartulinas blancas. Usaba crayones de cera. Elegía los tonos rosas y violetas que encontraba en mi caja de veinticuatro lápices. Con el sacapuntas desollaba virutas de resina y las frotaba con la yema de los dedos contra el papel, para dar un efecto gaseoso al resplandor de mis gusanos. Podía demorar horas en cada dibujo. Los hacía casi con la misma entrega con la que, en la vida real, mordía y chupaba las ciruelas de carne ácida y venosa que todavía hoy soplan en mis recuerdos como una brisa.

El árbol del patio de la pensión de las Falcón era mi territorio. Me sentía libre en su rama desolada, a la que trepaba como un mono, ese lado de mi infancia que en nada se parecía a la ciudad medrosa en la que crecí y que con el paso de los años se transformó en un amasijo de alambradas y cerrojos. Me gustaba Caracas, pero prefería los días de caña de azúcar y zancudos de Ocumare a aquellas aceras sucias, llenas siempre de naranjas podridas y agua manchada con aceite de motor. En Ocumare todo era distinto.

El mar redime y corrige, engulle cuerpos y los expulsa. Se mezcla sin distingo con todo cuanto se cruza en su camino, como aquel río de Ocumare de la Costa que aún desemboca empujando la sal del océano con su paso de agua dulce. En la orilla crecían los árboles de uva de playa con aquellas bayas pobres con las que mi mamá fabricaba falsas diademas de reina de pueblo mientras yo soñaba, a escondidas, con pendientes de orugas nacaradas, esa metamorfosis a la que se sometían las ciruelas cuando atravesaban la membrana de la realidad.

Oí disparos. Igual que el día anterior, y el anterior a ese y el anterior del anterior a ese. Un grifo abierto de agua sucia y plomo que fue separando el entierro de mi madre de los días siguientes. Desde el escritorio junto a la cristalera de mi habitación noté que los apartamentos de los edificios vecinos estaban a oscuras. Lo normal era que no hubiese luz eléctrica en la ciudad, por eso me extrañó que mi casa tuviese energía y el resto no. «Aquí pasa algo», pensé. Apagué el flexo inmediatamente. Entonces comenzaron a sonar golpes secos donde Ramona y Carmelo, los del piso de arriba. Muebles que chocaban. Sillas y mesas arrastradas de un lado a otro. Llamé por teléfono. Nadie contestaba. Fuera, la noche y la confusión obraban su propio toque de queda. El país vivía días oscuros, probablemente los peores desde la Guerra Federal.

Pensé en un robo, pero cómo, si nadie había alzado la voz. Me asomé a la ventana del salón. Un contenedor ardía en medio de la avenida. El viento arrastraba aún los billetes que los vecinos acudían a quemar en grupo. Gente flaca y ceniza que se reunía para alumbrar la ciudad con su pobreza. Estaba a punto de volver a marcar el número de Ramona cuando vi salir del portal a un grupo de hombres vestidos con el uniforme de la inteligencia militar. Eran cinco, con armas largas colgadas del hombro. En las manos llevaban un microondas y la torre de un ordenador de mesa. Otros arrastraban un par de maletas. No supe si estaba ante un allanamiento, un robo o las dos cosas a la vez. Los sujetos se montaron en un furgón negro y se alejaron rumbo a la esquina de Pelota. Cuando ya habían desaparecido en el cruce que conduce a la autopista, se encendió una luz en el edificio vecino. A esa siguió otra. Y otra. Luego otra más. Un paredón de ceguera y silencio comenzó a despertarse mientras un remolino de billetes en llamas daba vueltas, impulsado por el acelerón del camión militar.

Antes de que desapareciera el dinero en efectivo por completo, el Gabinete Revolucionario anunció, por orden del Comandante Presidente, que eliminaría de forma progresiva el papel moneda. Y aunque el decreto tenía por objeto luchar contra el terrorismo financiero, o lo que los jerarcas llamaban así, era imposible imprimir más moneda que sustituyese a la anterior. El dinero que circulaba a la fuerza no valía nada, incluso antes de quemarlo. Era más valiosa una servilleta que uno solo de los billetes de cien que ardían ahora sobre las aceras como una premonición.

En casa había comida suficiente para dos meses, la reserva que mi madre y yo fuimos acumulando tras los saqueos que asolaron el país años atrás y que habían dejado de ser eventos excepcionales para convertirse en una rutina. Estaba dispuesta a resistir con la despensa de nuestros escarmientos, que aprendí a administrar por intuición. Nadie me instruyó, el tiempo fue contándomelo. La guerra era nuestro destino, desde mucho antes de que supiésemos que llegaría. Mi mamá fue la primera en intuirlo. Tomó sus medidas y fue aprovisionándose durante años. Si podíamos comprar atún, mejor llevar a casa dos latas. Por si acaso. Llenamos la alacena como si alimentáramos a un animal que nos daría de comer para siempre.

El primer saqueo que conservo en mi memoria sucedió el día en que cumplí diez años. Ya entonces vivíamos en el oeste de la ciudad. Quedamos aisladas del lado más violento. Cualquier cosa podía ocurrir. Taladradas en la incertidumbre, mi madre y yo vimos pasar pelotones de militares hacia el palacio de Miraflores, la sede del Gobierno, a un par de manzanas de nuestro edificio. Unas horas más tarde, en la televisión, vimos enjambres de hombres y mujeres asaltar los comercios. Parecían hormigas. Insectos furiosos. Algunos cargaban lomos de reses sobre sus hombros. Corrían, sin reparar en los chorretones de sangre aún fresca que teñía su ropa. Otros llevaban a cuestas televisores y electrodomésticos sustraídos de las vitrinas reventadas a pedradas. Incluso llegué a ver a un hombre arrastrar un piano en medio de la avenida Sucre.

Aquel día, en la tele, durante una retransmisión en directo, el ministro del Interior llamaba a la serenidad y el civismo. Todo estaba controlado, aseguró. A los pocos segundos se hizo un silencio incómodo. Del rostro del ministro brotó una mueca de terror. Miró a un lado, después al otro, y abandonó el podio desde el que se dirigía al resto de la nación. Su invocación a la calma quedó en eso: el plano americano de un atril vacío.

El país cambió en menos de un mes. Comenzamos a ver camiones de mudanza en los que viajaban torres de ataúdes atados con cuerdas, pero a veces ni eso. Con el paso de los días comenzaron a envolver los cuerpos sin identificar en bolsas plásticas y los arrojaron a La Peste, la fosa común a la que fueron a parar cientos de asesinados. Fue el primer intento de los padres de la Revolución de asaltar el poder; también la primera definición de aguafiestas y estallido social que conservo en mi memoria. Para cantar el «Cumpleaños», mi mamá frio en aceite de girasol un bollo de harina de maíz al que había dado forma de corazón. Aquel trozo de amor con aspecto de riñón lucía dorado en los bordes y estaba tierno en su centro, en el que mi mamá enterró una diminuta vela color rosa. Cantó el «Ay, qué noche tan preciosa», esa versión nacional, larga y pachanguera del «Cumpleaños feliz» que en otros lugares tiene la duración normal de una canción y no los diez minutos de esta otra. Después troceó el corazón en cuatro partes y las untó con mantequilla. Masticamos en silencio, con las luces apagadas y sentadas en el suelo del salón. Antes de irnos a la cama, una ráfaga de metralla añadió puntos suspensivos a aquella fiesta sin luces ni piñata.

«Feliz cumpleaños, Adelaida.»

A la mañana siguiente, en el estreno de mi segunda década de vida, conocí a mi primer amor. En el colegio, las niñas se enamoraban de otras fantasmagorías: roedores convertidos en caballeros andantes, príncipes con rostro afeminado que seguían por las orillas de la playa el canto de una sirena, leñadores que despertaban con besos a las durmientes de cabello rubio y labios carnosos. Yo no me enamoré de ninguna de aquellas ficciones masculinas: me había enamorado de él. De un soldado muerto.

Lo recuerdo impreso en la primera plana de *El Nacional*, el periódico que mi madre leía, cada mañana, de atrás para adelante, ante la mesa del comedor. No transcurrió un día de su vida sin que lo comprase. Al menos mientras hubo papel para imprimirlo. Si había prensa, ella bajaría al quiosco a por él. Esa mañana trajo el diario junto con una cajetilla de tabaco, tres plátanos maduros y una botella de agua, lo que pudo conseguir en el abasto, que cerraba a cada rato ante los rumores de que se acercaba un nuevo grupo de saqueadores.

Llegó a casa despeinada, con la respiración entrecortada y el periódico bajo el brazo. Lo dejó en la mesa y corrió a llamar por teléfono a sus hermanas. Mientras intentaba convencerlas de que todo estaba en orden, cosa que no era cierta, cogí el periódico y lo extendí sobre el suelo de granito de nuestro apartamento. La fotografía principal que ilustraba la represión militar y la carnicería nacional se había transformado en un póster que cubría la portada entera. Entonces apareció ante mí. Un soldado joven tumbado en un charco de sangre. Me acerqué para detallar su rostro. Me pareció un ser perfecto, hermoso. Con la cabeza caída y colgada en el borde de la acera. Pobre, flaco, casi adolescente. El casco ladeado dejaba al descubierto la cabeza reventada por una bala de FAL. Ahí estaba: desparramado como una fruta. Un príncipe azul con los ojos anegados en sangre. A los pocos días me bajó la regla. Ya era una mujer: la dueña de un bello durmiente que me mataba al mismo tiempo de amor y tristeza. Mi primer novio y mi último muñeco de la infancia, cubierto por los trozos de su cerebro que había estallado por el disparo de un arma de guerra contra su frente. Sí, con diez años ya era viuda. Con diez años ya amaba fantasmas.

Pasé revista a la biblioteca de la casa. En el lomo de algunos libros pude ver los círculos de colores que, durante años, aburrida y sin parques donde jugar, dibujé mientras mi madre impartía sus lecciones de «sujeto-verbo-predicado». Advertida de no salir de mi habitación, me pertrechaba allí con varios libros. En ocasiones los leía y en otras me limitaba a jugar con ellos. Desenroscaba las tapas de los botes de témpera y las presionaba al azar sobre las hojas encuadernadas: *A sangre fría*, con un anillo color naranja a juego con su tapa color butano; *El otoño del patriarca*, con amarillo pollito, para reforzar el mostaza original de la cubierta; *Por quién doblan las campanas...*, con borgoña. Casi todos tenían esa marca, como si los hubiese herrado antes de devolverlos a la balda para que pastaran silenciosos y a sus anchas. ¿Por qué no se borraron aquellas marcas con el paso del tiempo si todo lo que infligimos permanece?, me pregunté con *La casa verde* en la mano.

Abrí el armario de mi madre. Encontré los zapatos talla treinta y seis. Ordenados por pares adquirían ahora el aspecto de un pelotón de soldados cansados. Inspeccioné los cinturones con los que marcaba su talle de mujer flaca y las perchas de las que colgaban sus vestidos. Nada en esos objetos resultaba estridente o exagerado. Mi madre era un faquir. Una mujer discreta y sin lágrimas que al abrazarme levantaba un paraíso entre ambas, un segundo vientre con olor a nicotina y crema humectante. Adelaida Falcón, mi mamá, fumaba y cuidaba su piel con la misma tenacidad. En la residencia universitaria para señoritas donde pasó cinco años de su vida aprendió a peinarse y maquillarse, también a fumar. Desde entonces nunca dejó de leer, de regar sus mejillas con discretos potingues ni de aspirar con disimulo sus pitillos humeantes. Aquellos habían sido sus tiempos más felices, decía a menudo. Cada vez que pronunciaba esas palabras, me ardía dentro la pregunta sobre si los años que había vivido junto a mí habían sido una bancarrota de las vacas gordas de su juventud.

Rebusqué en el fondo del armario hasta dar con la blusa de mariposa monarca. Era una prenda tejida con lentejuelas negras y doradas. Amaba aquel trapo. Sacarlo de la percha y tocarlo con la palma de la mano era una de las cosas que convertían en excepcionales los escasos metros cuadrados del mundo que habitábamos mi madre y yo. Esa blusa era la versión estilosa de los capullos nacarados de mis sueños. Ropa mágica, hecha de colores y materiales prodigiosos. La extendí sobre la cama, preguntándome para qué la compraría mi mamá, si nunca había llegado a usarla.

—¿Cómo quieres que me ponga eso a las ocho de la mañana? —respondió cuando le sugerí que la vistiera para una de las asambleas de padres y representantes del colegio. Por mucho que supliqué, ella jamás acudió a esas reuniones con aquella blusa.

Estudié en un instituto de monjas, el sucedáneo de uno más prestigioso en el que no me aceptaron porque, al momento de la entrevista, la directora descubrió que mi madre ni era viuda ni estaba casada. Y aunque ella nunca me dijo nada del episodio, llegué a entender que había sido un síntoma de la enfermedad congénita de la clase media venezolana de entonces: un injerto entre las taras de los blancos criollos del siglo XIX y el desmelene de una sociedad en la que todos tenían su zambo y su negro en la sangre. Ese país donde las mujeres siempre parieron y criaron solas a los hijos de hombres que ni siquiera se tomaron la molestia de ir a comprar tabaco para no volver. Reconocerlo, claro, era parte de la penitencia. La piedra de tranca en la empinada escalera del ascenso social.

Crecí rodeada de hijas de inmigrantes. Niñas de piel morena y ojos claros, la sumatoria de siglos en la vida de alcoba de un país mestizo y extraño. Hermoso en sus psicopatías. Generoso en belleza y violencia, dos de las más abundantes pertenencias nacionales. El resultado final era esa nación construida sobre la hendidura de sus propias contradicciones, la falla tectónica de un paisaje siempre a punto de derrumbarse sobre sus habitantes.

Aunque menos exclusivo, mi colegio era también una alcabala para dar compostura a una sociedad que estaba lejos de tenerla. Con el paso del tiempo comprendí que ese lugar era la escala de un mal mucho más profundo, la reserva natural de una república cosmética. La frivolidad era el menos penoso de sus males. Nadie quería envejecer, ni parecer pobre. Ocultar, maquillar. Esa era la divisa patria: aparentar. Daba igual que hubiese o no dinero, daba igual que el país se cayera a pedazos: el asunto era embellecer, aspirar a una corona, ser reina de algo..., del carnaval, del pueblo, del país. La más alta, la más guapa, la más tonta. Aun en la miseria que impera en la ciudad distingo todavía trazas de aquella tara. Nuestra monarquía fue siempre así: la de los más apuestos, el buenmozo o la buenamoza. De eso iba aquel asunto que rompió su oleaje en el cataclismo de la vulgaridad. Entonces podíamos permitírnoslo. El petróleo pagaba las cuentas pendientes. O eso pensábamos.

Salí a la calle. Necesitaba compresas. Podía vivir sin azúcar, café o aceite, pero no sin compresas. Eran incluso más valiosas que el papel higiénico. Las pagaba a precio de oro a un grupo de mujeres que controlaban los pocos paquetes que llegaban al supermercado. Las llamábamos «bachaqueras», porque actuaban con la precisión de aquellos insectos. Iban en grupo, eran rápidas y nunca dejaban nada a su paso. Eran las primeras en llegar a los comercios y conocían la forma de saltarse los topes impuestos por el Gobierno. Conseguían lo que nosotros no podíamos, para vendérnoslo luego a un precio exorbitado. Si estaba dispuesta a pagar el triple, conseguiría lo que quisiera. Y así me tocó hacer. Envolví tres fajos de billetes de a cien en una bolsa. A cambio recibí un paquete con veinte toallas sanitarias. Hasta sangrar me costaba dinero.

Comencé a racionarlo todo para no tener que salir a buscarlo. No necesitaba nada, excepto el silencio. Apenas abría las ventanas. El humo de los gases lacrimógenos con los que las fuerzas de la Revolución reprimían a los manifestantes que protestaban contra los decretos de racionamiento lo impregnaba todo y me hacía vomitar hasta perder el color. Sellé todas las ventanas con cinta americana, menos las del baño y la cocina, las únicas que no daban a la calle. Hice lo posible por no dejar entrar nada del exterior.

Solo contesté las llamadas de la editorial, que decidió dejar pasar una semana de respeto por mi duelo. Eso me había obligado a retrasar la corrección de unas galeradas que me convenía facturar pero que me sentía incapaz de revisar. Me hacía falta dinero, pero no tenía cómo cobrarlo. No había conexión para ordenar traspasos. Internet funcionaba a rachas. Era lento y defectuoso. Todo el dinero que tenía depositado en bolívares en una cuenta de ahorros lo usé para pagar el tratamiento de mi mamá. De mis pagos como editora tampoco quedaba demasiado, con un agravante: por orden de los Hijos de la Revolución, la moneda extranjera se había convertido en un objeto ilegal. Tenerla equivalía a un delito de traición a la patria.

Cuando encendí mi teléfono móvil saltaron tres mensajes de texto, todos de Ana. Uno para saber cómo estaba y dos de esos que se envían por defecto a los contactos de la agenda. Habían transcurrido quince días más sin noticias de su hermano Santiago y nos pedía a todos que firmáramos un documento para solicitar su liberación. No contesté a ninguno. No podía hacer nada por ella y ella tampoco podía hacer nada por mí. Estábamos condenadas, como el resto del país, a desconocernos. Era la culpa del superviviente, algo parecido a lo que padecieron los que se marchaban del país, una sensación de oprobio y vergüenza: darse de baja del sufrimiento era otra forma de traición.

Los Hijos de la Revolución consiguieron llegar lo suficientemente lejos. Nos separaron a ambos lados de una línea. El que tiene y el que no. El que se va y el que se queda. El de fiar y el sospechoso. Levantaron el reproche como una más de las divisiones que habían creado en una sociedad que ya las poseía. Yo no vivía bien, pero si de algo estaba segura era de que siempre podría estar peor. No habitar el renglón del moribundo me condenaba a callar por decoro.

En medio de la balacera nocturna eché en falta el ruido de la cisterna de la casa de Aurora Peralta, la vecina. No la veía desde que mi madre entró en Cuidados Paliativos. Me extrañó no escuchar el molesto ruido de la cadena, que noche tras noche traspasaba las paredes de la habitación y taladraba mi sueño con su rumor de aguas fecales.

Sabía muy poco de ella. Que era tímida, que tenía poca gracia y que todos la llamaban «la hija de la española». Su madre, Julia, era una gallega que regentaba una pequeña casa de comidas en La Candelaria, aquella zona de Caracas donde se concentraban los bares de inmigrantes españoles. Acudían entonces por allí muchos gallegos y canarios, también algún que otro italiano.

Casi todos los clientes eran hombres. Iban a beber cerveza en botellines que sorbían sin ganas. Así fuese en aquel calor infernal, picoteaban potajes de garbanzos con espinacas, lentejas con chorizo o callos a los que añadían arroz. Casa Peralta era el mejor lugar de la ciudad para comer alubias a la marinera. A juzgar por la cantidad de comensales, debía de ser verdad.

Julia fue una de las muchas mujeres que vivieron del oficio que habían ejercido antes de llegar al país: cocineras, costureras, campesinas, prendederas o enfermeras. La mayoría de ellas, sin embargo, comenzó a trabajar como personal doméstico de la burguesía local de los años cincuenta y sesenta, y otras abrieron sus pequeños abastos y negocios. Era gente que solo tenía una cosa para vivir: sus manos. También llegaron impresores, libreros y algunos maestros que se incorporaron a nuestras vidas con aquellas zetas sonoras con las que cortaban el aire en cada conversación y que terminaron por hacer suyo nuestro seseo.

Aurora Peralta, como su madre, vivía de cocinar para otros. Durante algún tiempo, y tras la muerte de Julia, llevó el restaurante familiar. Luego lo vendió para montar un negocio de repostería que trasladó a su casa. Alquilar un local era costoso e inseguro, cualquiera podía atracar a punta de pistola al encargado y llevárselo todo, cuando no descerrajar dos disparos contra el infeliz que en ese momento tuviera acceso a la caja registradora.

Nos llevábamos apenas nueve años, pero ella ya parecía una anciana. Vino un par de veces a casa, con algún bizcocho recién sacado del horno. Como su madre cuando vivía, me parecía afable y generosa. Algo en su vida se asemejaba a la mía. Tampoco tenía papá. O al menos eso concluí al ver que los días de aquellas mujeres se parecían a los nuestros. La vida de ambas comenzaba y terminaba en el binomio que formaban una madre y su hija. Me extrañó que Aurora Peralta no se presentara en el velatorio de mi mamá. Yo misma le dije lo mal que se encontraba cuando se interesó por su estado de salud. Asumí que la falta de harina, huevos y azúcar habría puesto en jaque su negocio, que pasaba días malos o que habría regresado a España, si es que le quedaban familiares vivos allí. Luego me olvidé de Aurora Peralta como si de una bombilla fundida se tratara. Estaba demasiado ocupada en completar una segunda gestación. Alimentarme solo de lo que la presencia aún viva de mi madre podía darme. Ni necesitaba ni quería nada más. Nadie se ocuparía de mí, y yo no me ocuparía de nadie. Si las cosas empeoraban, defendería mi derecho a la vida pasando por encima del derecho de otros. O ellos o yo. No vivía en aquel país alguien con la generosidad necesaria para darme un tiro de gracia. No me vendarían los ojos; tampoco me pondrían un cigarrillo en la boca. Ni una sola persona sentiría compasión por mí cuando llegara la hora.

Las cosas de mamá ya estaban dispuestas en cajas a un lado de la biblioteca. Parecía un equipaje que el tiempo había hecho a nuestras espaldas. Me resistía a regalar o a donar todo aquello. A ese maldito país en llamas no iba a dejarle una viruta, un solo folio o trozo de tela de nuestras vidas.

Los días fueron acumulándose como los muertos en los titulares. Los Hijos de la Revolución tensaban la cuerda. Daban motivos para salir a la calle al mismo tiempo que limpiaban las aceras con la represión de los cuerpos del Estado y la eficacia de sus células armadas, que actuaban en grupo y con el rostro cubierto.

Nadie estaba del todo seguro en su hogar. Fuera, en la jungla, los métodos para neutralizar al oponente alcanzaron un grado de perfección inmejorable. En aquel país, lo único que funcionaba era la máquina de matar y robar, la ingeniería del pillaje. Los vi crecer y formar parte del paisaje, al que se acoplaron como algo normal: una presencia camuflada en el desorden y el caos, protegida y alimentada por la Revolución.

Casi todas las milicias estaban compuestas por civiles. Actuaban bajo la protección de la policía. Comenzaron congregándose junto a los vertederos de la plaza del Comandante, que hasta entonces seguíamos llamando por su nombre original: la plaza Miranda, un homenaje al único prócer realmente liberal de nuestra Guerra de Independencia y que murió, como todos los hombres buenos y justos, lejos del país al que le había entregado todo. Ese fue el sitio que eligieron los Hijos de la Revolución para levantar su nuevo comando... ¿Hijos? ¿Y por qué no los Bastardos? «Los Bastardos de la Revolución», me dije al ver a un grupo de mujeres obesas, todas vestidas de rojo. Parecían una familia. Un gineceo de ninfas amorcilladas: padres y hermanos que en realidad eran madres y hermanas. Vestales armadas con cubetas y palos: la feminidad en su más amplio y esperpéntico esplendor.

Un convoy con diez militares sin rostro —los tapaba una máscara oscura rematada con una sonrisa de calavera— acampó también junto a ellas desde el primer día. Con el paso de las semanas llegaron otros. Cada vez acudían más Motorizados de la Patria. Era imposible reconocerlos. Vestían caretas como las que empleaban los funcionarios antidisturbios. Prendas que ocultaban la mitad del rostro con la quijada de un esqueleto y la otra mitad con una lona de caucho agujereada a la altura de los ojos. ¿Qué importaba no ser reconocidos, si la ley estaba en sus manos?

A diferencia de ellos, las mujeres actuaban con la cara descubierta, blandiendo sus dentaduras de perro bravo. Peleaban con más fuerza. Pegaban con el puño cerrado. Una vez que conseguían desmayar a su oponente, lo arrastraban por el suelo y le quitaban todo. Podría decirse que ahí todos hacían con gusto su trabajo, aunque yo no alcanzaba a entender qué salario podía llegar a ser tan alto para que nunca cejara su furia. ¿Qué recibían a cambio de aquel empleo a tiempo completo de reventar cabezas como si fueran melones? Teníamos los días contados.

Una caja cayó de la balda más alta del armario y se estampó contra mi frente. La recogí del suelo. «Zapatería Teseo», leí. A mi madre le gustaban esas cajas. Eran rígidas y de buena calidad, como casi todo en aquella tienda a la que su dueño bautizó con su nombre, Teseo, un italiano cuyo rostro parecía arrancado con un cincel de una enorme piedra de mármol. «Ah, *carissima bambina*», decía el zapatero del barrio tras propinarme pellizcos que me dejaban las mejillas rojas como mangos maduros. La retahíla era casi siempre la misma, esa mezcla de italiano y español que el señor Teseo jamás corrigió, a pesar de llevar ya más de veinte años en Venezuela.

Las personas lo llamaban «señor Teseo», como si su aspecto lo eximiera de llevar solo el nombre de pila. Era alto, de ojos claros y sonrisa perfecta —aquellos dientes grandes y cuadrados—. A sus casi cincuenta años conservaba un porte de galán: mandíbula marcada, nariz de estatua y el cabello peinado hacia atrás con fijador. Olía siempre a agua de colonia y llevaba un reloj de pulsera casi tan grande como sus manazas de Neptuno. Nunca vi una arruga en sus camisas o pantalones. Su ropa pare-

cía a juego con la zapatería de la que era dueño y único vende-
dor, y que ocupaba la planta baja de un edificio de los que se
construyeron en los años cincuenta, prodigios de granito y mo-
saicos que imponían el orden en aquella nación con ganas de
sacudirse las montoneras de hombres a caballo. Aquella urbanización fue un intento por ensillar la montura del progreso sobre el lomo de un país sin ley.

Su local, una tienda sobria y elegante, estaba justo frente
al bloque de apartamentos donde vivíamos mi madre y yo.
Todo el suelo estaba cubierto con moqueta color beis. En sus
escaparates exhibía mocasines y zapatos de tacón, muebles acristalados sobre los que disponía con esmero calcetines y calza-
dores de metal. La caja registradora con rodillo de papel que
escupía facturas generaba en mí una fascinación absoluta.
Pero no era ese artefacto lo que más me gustaba de la tienda.
Otro objeto engullía por completo mi atención: una fotografía del papa Juan Pablo II que presidía la puerta que separaba
la tienda del almacén. La imagen parecía haber viajado en
el tiempo, como si hubiese conservado fijo ese instante en el
que el Pontífice cogía de la mano a un joven vestido con una
sotana oscura.

Mientras mi madre demoraba en pedir números que según
ella nunca eran el suyo y Teseo atravesaba de un lado a otro la
tienda para conseguir el que mejor le sentara, yo estudiaba a
conciencia ese retrato. Un papa, mejor dicho, el Papa. «Tubércu-
lo Santo», pensé. ¿Qué relación podía existir, más allá de la Fe,
entre el señor Teseo, ese cura joven y aquel canciller de la Santa
Gloria de Dios en la tierra —una frase muy de mis tías—, aquel

hombre que presidía las misas dominicales de la televisión en el canal oficial? (El Estado, ajeno en esos años a los Hijos de la Revolución, no había declarado la guerra a la Iglesia.) «El Vaticano —pensaba—. Eso que queda tan lejos.»

—¿Es usted pariente del Papa? —pregunté.

Después de soltar una risotada sabrosa, Teseo me explicó la historia. El joven sacerdote a quien Juan Pablo II saludaba era Paolo, su hermano menor. Ampliada y exhibida en un marco dorado, la instantánea correspondía al día de la ordenación de Paolo como sacerdote.

El italiano contaba todo aquello con una solemnidad especial, como si la sotana de su hermano y el cargo que ocupaba en el Vaticano lo elevaran en la escala social, una ascensión invisible que separaba su zapatería en el centro de una ciudad del tercer mundo de aquel otro que habitaba su hermano. Ahí comenzaba el hilo rojo que daba sentido a sus esmerados modales, el anticipo del progreso representado en su negocio y que lo distinguía de otros inmigrantes.

Como Teseo, habían llegado a la ciudad hombres y mujeres desde Santiago, Madrid, Canarias, Barcelona, Sevilla, Nápoles, Berlín...; gente que en sus países había sido olvidada y que vivía ahora amalgamada entre nosotros. *Musiús*, todos. Nada tenía que ver Teseo con aquellos panaderos de Funchal, los jardineros de Madeira o los albañiles napolitanos, gente de manos también gruesas, aunque rotas y escamadas por el trabajo directo con la tierra, el cemento y la harina. Gente que rompía rocas, horneaba barras de pan y construía un lugar que en parte ya era suyo.

Los hombres como Teseo habían desembarcado en Venezuela en un momento en el que todo estaba por hacerse, al tiempo que dejaban atrás las ruinas del lugar donde habían nacido. Las calles de Caracas reproducían aquellas voces y acentos de quienes habían cruzado el Atlántico, ese mar donde alguien siempre dice adiós. Sus palabras y nombres se unían al barullo del *miamorseo* —mi reina, mi amor, mi vida— que usábamos nosotros y que ellos terminaron por asumir. Inventaron apaños de nación: la que formaban las suyas y la nuestra. Juntos éramos todo eso que comprendimos como propio, la sumatoria de las orillas que separan un mar.

—Adelaida, mi *amore*, ¿por qué te gusta *quella* foto? —me preguntó una vez Teseo con su castellano inventado.

—Porque me gusta Roma.

—*E perché?*

—Porque está al otro lado del mar y yo nunca he cruzado el mar.

Teseo sostenía un calzador de metal que cayó al suelo de golpe.

—Al otro lado del mar... —repitió.

—Señor Teseo, disculpe —dijo mi madre, que llevaba un rato caminando de un lado a otro de la tienda mirándose unos mocasines azul marino—, creo que necesito un número mayor, por favor. Siento el pie derecho apretado.

—Faltaba más, doña Adelaida. Ya mismo... *Dall'altro lato del mare. Dall'altro lato del mare!* —lo escuchamos repetir mientras se adentraba en el almacén.

Regresó a los cinco minutos con el mismo modelo pero un número más grande. Mi madre se probó primero el izquierdo, luego el otro. Caminó un par de veces frente al espejo. Se quitó los zapatos. Los apartó y me miró.

—¿Qué opinas tú? —dijo mirándome a los ojos.

Solté un silbido bobo de piropo y alcé el pulgar.

—Me los llevo.

El italiano chasqueó los dedos, soltó un «¡Bravo!» y se dirigió hacia la caja registradora. Tecleó un número, apretó un botón y saltó la bandeja llena de monedas y papeles apilados por color y denominación. Mi madre extrajo dos billetes y los entregó al italiano. Él devolvió el cambio, en billetes de veinte, aquellos de color verde impresos con el rostro de Páez, el general díscolo de la Guerra Federal, el hombre que se enseñó a sí mismo a escuchar a Wagner.

—Si no se siente cómoda, puede cambiarlos cuando guste, Adelaida.

—Gracias, Teseo. Adelaida, hija, despídete.

—Adiós, señor Teseo.

—Adiós, muchachita... Y recuerda: *dall'altro lato del mare* —dijo, con una sonrisa—. Repite conmigo: *dall'altro lato del mare.*

—*Dall'altro lato del mare.* —Entonces él volvió a sonreír con aquellos dientes de argamasa.

Mi madre y yo salimos a la calle cogidas de la mano. Ella con la bolsa donde llevaba zapatos y yo con la sensación de haber cometido una imprudencia.

—Adelaida, hija, ¿qué te ha dicho Teseo?

—*Dall'altro lato del mare.*

—Eso lo sé. Pero ¿por qué te lo dijo?

—Porque vive en dos lugares al mismo tiempo, mamá. Su familia vive allá y él aquí. ¿No viste al cura de la foto?

—Sí, lo vi. ¿Y qué?

—Es su hermano, mamá, que trabaja con el Papa. —Ella me miró, sin encontrar demasiada lógica a mis argumentos—. Pues eso, mamá: el señor Teseo tiene dos casas. Una aquí y la segunda del otro lado del mar... ¿Lo pillas?

—Sí, hija. Sí.


Nací y crecí en un país que recibió a hombres y mujeres de otra tierra. Sastres, panaderos, albañiles, plomeros, tenderos, comerciantes. Españoles, portugueses italianos y algunos alemanes que fueron a buscar al fin del mundo un sitio donde volver a inventar el hielo. Pero la ciudad comenzó a vaciarse. Los hijos de aquellos inmigrantes, gente que se parecía poco a sus apellidos, emprendían la vuelta para buscar en los países de otros la cepa con la que se construyó la suya. Yo, en cambio, no tenía nada de eso.

Abrí la caja impresa con el anagrama de aquel negocio. En su interior refulgía un par de zapatos de tacón aún sin entrenar.

Un hombre abaleado pasó frente a mí sobre una camilla sin sábanas que dos enfermeros empujaban a toda carrera.

—¡Dale, dale, dale, que no llega! —gritaban al tiempo que un olor ferroso teñía mi nariz. Aquello no era un aroma: era una advertencia.

Avancé por los pasillos de la clínica Sagrario con la boca hecha un revólver: caliente y cargada, buscando contra quién disparar. Clara Baltasar llevaba tres semanas sin presentarse en su puesto de trabajo en la alcaldía. Eso me dijeron los guardas cuando fui a buscarla. Tres mujeres la habían sorprendido a un par de manzanas del edificio municipal, la arrastraron hasta el interior de un rústico de cristales tintados, y le propinaron patadas y golpes. La dejaron hecha un despojo sangrante en el portal de su casa, como si fuera un mensaje. «La próxima vez no vuelve viva.» Eso significaba aquel gesto. La compasión como otra forma de crueldad. No matarla para prolongar la agonía.

—Hampa común. Pero nadie vio nada, nadie oyó nada —dijo un vigilante de la alcaldía, un hombre de bigotito perfilado que hablaba con los labios chiquititos, apretados como un ano, esa mueca de falsa discreción que llevaba la gente puesta en el rostro. El costurón de la vergüenza y el miedo.

Me costó dar con Clara Baltasar. Una enfermera que parecía no haber dormido en semanas me recibió con un fajo de folios renegridos en la mano.

—¿A quién busca?

—A Clara Baltasar.

—Mmm. —Revisó los papeles durante un par de minutos—. Está en Cuidados Intensivos. ¿Es usted familiar?

—No.

—Entonces no puede subir.

—Pero, ella... ¿Cómo está?

—No puedo dar esa información.

—¿Está... mal?

—Está viva —dijo antes de desaparecer por el pasillo de baldosas inmundas.

Largas filas de personas llenaban las escaleras de la clínica Sagrario. Gente rota y sin gesto. Hombres, mujeres y niños que esperaban su turno en la antesala de la ultratumba. Todos lucían delgados, castigados por el hambre de los días, aparcados en algo parecido a la furia de los que ya no recuerdan haber vivido mejor.

Había tres grupos. Los que esperaban para pedir la vez en una lista de espera de intervenciones ambulatorias; quienes aguardaban para solicitar una cirugía mayor, y aquellos que, aceptado su ingreso, cumplían en silencio su vigilia hasta que alguien los atendiera o los condujese a algún sitio distinto del pasillo repleto de personas que acampaban allí desde hacía semanas.

El paisaje, algo peor que el de la clínica donde murió mi madre, estaba cargado de babas y humores, un olor flatulento de seres en trance de pudrirse. Cada tanto pasaba un enfermero con una carpeta llena de folios y leía en voz alta: «Amador Rodríguez», «Carmen Pérez», «Amor Pernalete»... Algunos levantaban la mano y alzaban la cabeza, otros se ponían de pie para reclamar una explicación sobre por qué llamaban a estos y no a aquellos. Los vencidos eran los peores. Apagados de sí mismos, como electrodomésticos averiados. Uno, dos, tres, cuatro, cinco días, seis, siete, ocho, nueve, diez. «Recoja su número.» «Vuelva mañana.» «Ahora no, mañana.» Los enfermeros, vestidos con monos raídos de tela azul, ordenaban a las personas volver a su sitio y aguardar. Venir de tan lejos para morir esperando.

«Nos prometieron que las cosas irían más rápido», le dijo una mujer a su hija.

Prometieron. Que nunca nadie más robaría, que todo sería para el pueblo, que cada quien tendría la casa de sus sueños, que nada malo volvería a ocurrir. Prometieron hasta hartarse. Las plegarias no atendidas se descompusieron al calor del resentimiento que las alimentaba. Nada de cuanto ocurría era responsabilidad de los Hijos de la Revolución. Si las panaderías estaban vacías, el culpable era el panadero. Si la farmacia estaba desprovista, aunque fuera de la más elemental caja de anticonceptivos, el farmacéutico sería el responsable. Si llegábamos a casa exhaustos y hambrientos, con dos huevos en una bolsa, la culpa sería del que ese día había conseguido el huevo que a nosotros nos faltaba. Con el hambre se desató la larga lista de odios y miedos. Nos descubrimos deseando el mal al inocente y al verdugo. Éramos incapaces de distinguirlos.

Comenzó a hincharse en nuestro interior una energía desorganizada y peligrosa. Y con ella las ganas de linchar al que sometía, de escupir al militar estraperlista que revendía los alimentos regulados en el mercado negro o al listo que pretendía quitarnos un litro de leche en las largas filas que se formaban los lunes a las puertas de todos los supermercados. Nos hacían felices cosas funestas: la muerte súbita de algún jerarca ahogado sin explicación en el río más bronco de los llanos centrales, o el estallido en pedazos de algún fiscal corrupto luego de que una bomba escondida bajo el asiento de su todoterreno de lujo hiciera contacto tras girar la llave. Olvidamos la compasión, porque ansiábamos cobrar el botín de aquello que iba mal.

En los rostros de aquellos hombres y mujeres se dibujaba un gesto que comencé a reconocer en el mío al mirarme al espejo: una hendidura en medio de los ojos. Los días se parecían más a la intendencia de una guerra que a la vida: algodón, gasas, medicamentos, camas sucias, bisturís sin filo, papel higiénico. Comer o curarse, nada más. El siguiente en la fila era siempre un potencial oponente, alguien que poseía algo más. Los que vivían luchaban a dentelladas por las sobras. En aquella ciudad sin desenlaces, peleábamos por un sitio para morir.

Subí andando hasta la séptima planta. Como en la clínica donde murió mi mamá, aquí tampoco funcionaban los ascensores. En cada planta del edificio encontré moribundos y heridos, niños con brechas en la frente o ancianos con la tensión alta. Se amontonaban unos y otros aplastados por la desgracia.

En la sala de espera de Cuidados Intensivos había dos chicas. Tenían mi edad, pero parecían viejas a la fuerza. Descansaban sobre una hilera de sillas de plástico azul. Llevaban consigo mantas, viandas envueltas en papel de plata y bolsas con sábanas dobladas. Igual que me había tocado a mí unas semanas atrás, ellas habían levantado su propio hospital de campaña, la guerra sin tanques de quienes acuden para ver morir a los suyos. Caminé hasta la más joven. La otra dormía con la cabeza apoyada sobre su hombro. Asumí que eran hermanas.

—¿Eres tú la hija de Clara Baltasar?

—¿Quién es usted? ¿Qué quiere?

—Mi nombre es Adelaida Falcón.

—Uhum...

—Tu mamá me ayudó a reunir dinero para pagar el tratamiento de la mía. Fui a buscarla a la alcaldía. Me dijeron que estaba aquí.

—No sé de qué me habla.

—Solo quiero dar las gracias.

—Váyase de aquí. —Se puso de pie y despertó a la otra.

—¿Qué pasa, Leda? ¿Quién es esta? —preguntó su hermana estrujándose las legañas.

—Me llamo Adelaida Falcón... Tu mamá, Clara Baltasar, me ayudó a reunir dinero para pagar el tratamiento de la mía... —repetí.

—Váyase, por favor. Nosotras no conocemos a esa señora. No sabemos de quién habla.

—Solo venía a decirle a Clara que mi mamá murió. Traje esto. —Extendí dos cajas de antibióticos.

Se miraron sin decir nada. Dejé los antibióticos en la única silla vacía. Me di la vuelta y me alejé.

Clara Baltasar, la asistente social que igual ayudaba a un moribundo como conseguía comida para una familia, estaba muerta, o a punto de morir, por una paliza que los comandos revolucionarios le propinaron como escarmiento ejemplarizante. A ella le dejé los medicamentos que no había llegado a usar para mi madre.

Bajé las siete plantas a pie. Al llegar a Emergencias, una mujer lloraba a gritos. Era la hija del hombre abaleado que dos enfermeros llevaban sobre una camilla sin sábanas. Había muerto antes de llegar al quirófano. Nos deforestaban. Nos mataban como a perros.

Era mi quinta visita a la panadería en tres días, pero el panadero me trató como si nunca me hubiese visto. La harina no había llegado, esa semana tampoco. Junto a mí, dos mujeres cargaban bolsas que sobrepasaban con creces la ración diaria de hambre por la que hacíamos largas filas para después no conseguir ni siquiera una barra. Salieron con los panes que otros, por mucho esperar o madrugar, no podrían llevar a sus casas.

Subí la avenida Baralt pensando en las ranas blancas que se adherían como piedras a los mosquiteros de la pensión de las Falcón en Ocumare de la Costa. Criaturas que conservé en mi memoria como un mal recuerdo y que ahora resucitaban en mi mente como eructos del corazón. Nos parecíamos, ellas y yo. Hembras de piel fea que desovan en medio del ventarrón.

Llegué a la puerta de mi casa arrastrando los pies. Giré la llave, pero la cerradura se resistía. Empujé adelante y atrás. Sacudí el postigo, tiré de la manilla, insistí. La cerradura tenía unos arañazos. La habían cambiado. Entonces vinieron a mi mente las colchonetas, las noches de acampada, las motocicletas, los ataúdes, los hematomas, las palizas con cubetas y palos. Una puya de miedo me atravesó y caí en la cuenta de que ya era demasiado tarde. ¡La casa! Su único objetivo había sido invadir todos y cada uno de los apartamentos del bloque. El grupo de mujeres que desde días atrás permanecía en la plaza Miranda era, en realidad, un comando de invasión. «¡Maldita sea!» Me llevé la mano a la entrepierna. Estaba húmeda. Intenté contener las gotas de orina y conservar la calma.

Me agaché buscando sombras o pasos. Nada. Era incapaz de intuir algo bajo aquel mínimo halo de luz. Aún con las manos entre las piernas, bajé rápido hasta la puerta del edificio y monté guardia. Al poco tiempo apareció un grupo de cinco mujeres cargadas con bolsas, palos de fregona y paquetes de comida precintada con el logo del Ministerio de Alimentación, un invento con el que los Hijos de la Revolución daban comida a cambio de apoyo político.

Las mujeres entraron en el edificio usando una llave del manojo que llevaban encima. Todas vestían el uniforme de las milicias civiles: una camiseta roja. Parecían haber dado con el lote de la talla más pequeña. Los vaqueros ajustados resaltaban sus piernas gruesas, rematadas con unos pies elefantiásicos calzados con chancletas de plástico. Eran morenas y tenían la cabellera hirsuta recogida en un muñón de pelo tieso.

Retrocedí para espiarlas detrás de un palo de Brasil y unos helechos secos que llevaban siglos arrumbados en la mezanine del edificio. No servían de mucho, pero con algo tenía que cubrirme. Sentía el rostro caliente y las bragas frías. Seguía perdiendo orina al mismo tiempo que aumentaba mi desesperación. El miedo me abochornaba y me desguarecía.

El grupo de mujeres no tenía lideresa, al menos no una visible. Tardaron cerca de una hora en trasladar sus almohadas y cajas hasta la entrada del edificio. Muchas estaban despatarradas sobre las cajas de alimentos, que usaban unas veces como taburete y otras casi como hamacas. No parecían tener demasiada prisa, incluso daba la impresión de que estaban haciendo tiempo. Algunas miraban móviles táctiles de los que se desprendía una música estridente mientras otras charlaban entre ellas y pasaban revista a sus cuitas.

—Roiner, ya sabes, el de Barinas, se fue a San Cristóbal.

—¿Y eso?

—¿Pa' qué va sé, estúpida? Allá la gasolina es más cara. Con dos bidones se compra una caja 'e celveza. Y se bachaquea mejor, me dijo. Hay menos competencia.

—'Jo puta, ¿no? ¿Y pa' nosotras na?

—Calla, que te vo'a paltí la jeta, por malhablá.

—¿Y qué le dieron al jediondo ese en el Negro Primero?

—Ese frente ya no funciona más.

—¿Y pol qué?

—Ah, mundo, y yo qué sé.

—Mira, Juendy.

—Wendy, m'hija, Wendy..., no Juendy.

—Bueno, eso... ¿No vas a llamá a la Mariscala?

—Espérate, chica. Que ella es la que tiene que decidí cuándo tenemos que mové el peroleo este.

—¿Y qué 'amo asé to ese tiempo, pue?

—Lo de siempre: esperá.

A su alrededor se levantaban montañas de palos, colchonetas y casi veinte cajas de comida con el emblema del Gobierno.

Quien recibía aquellos paquetes estaba obligado a determinados compromisos: acudir sin rechistar a cualquier acto o manifestación a favor del régimen, o prestar servicios sencillos que iban desde la delación de un vecino hasta la formación de comandos y grupos de apoyo a la causa. Lo que comenzó siendo un privilegio para funcionarios se extendió como una forma de propaganda y luego de vigilancia. Todo aquel que colaborara tenía asegurada una caja de alimentos. No era mucho: un litro de aceite de palma, un paquete de pasta y otro de café. A veces, con suerte, daban sardinas y jamón en conserva. Pero era comida y el hambre apretaba.

Las mujeres permanecieron ahí, catedralicias en su gordura, hasta que sonó el teléfono de Wendy, que después de cruzar unos monosílabos puso pies en polvorosa.

—Me recogen toa esta verga, ¡ya mismo!

Levantaron las cajas sin hacer demasiado ruido. Las llevaban de dos en dos, sujetándolas con las manos. En ese momento no había luz en el edificio, así que tuvieron que subir andando en lugar de tomar el ascensor. Me escondí en uno de los cuartos de la basura y esperé a que subieran al menos una o dos plantas. Desde abajo no podía ver con claridad, pero supuse que ya estarían por el tercero. Me devolví hasta la planta baja para revisar que no se habían dejado nada que las obligara a regresar. Lo habían recogido todo. Las seguí, aturdida por aquel tufo a vinagre que dejaban a su paso. Aquellas mujeres sudaban como camioneros. Su olor era agrio y oscuro. Una mezcla de cítricos, cebollas y ceniza. Cuando llegaron a la quinta planta, la nuestra, recé para que siguieran de largo. Me asomé lo más que pude a la balaustrada y pude confirmarlo. Estaban frente a mi casa. Mis esperanzas se deshicieron al instante cuando las escuché dar voces para que abrieran la puerta y las dejaran pasar.

Tardaron otros diez minutos en mover las cajas desde el pasillo hasta el departamento. Estaban cansadas. Habían cargado ese peso cinco plantas. Yo apenas había tenido tiempo para pensar qué hacer. La sed comenzó a quemarme las encías y mi vejiga estaba a punto de romperse. Cuando acabaron de descargar aquellas cosas y cerraron la puerta del departamento, apreté los párpados. Coloqué en ellos el poco valor que me recorría el cuerpo y subí los escalones.

Llamé al timbre. Una vez, dos, tres veces.

Tardaron en contestar.

Insistí una última vez, ahora golpeando la madera con los nudillos.

Entonces se abrió la puerta. Me recibió una mujer con las greñas recogidas en un moño. Vestía unas chanclas por las que asomaban las uñas de esmalte raído y los dedos gruesos comidos por sabañones.

Llevaba puesta la blusa de mariposa de lentejuelas de mi madre.

—¿Qué quieres? —dijo mirándome a los ojos.

—Yo... Yo...

—Yo qué, m'hija... ¿Qué te pasa?

—Yo... soy...

—Ajá. Tú eres...

—Yo... soy...

No pude terminar la frase. Me desmayé.

—¿Qué hiciste hoy?

—Ayudé a limpiar la pileta.

—La piscina, Adelaida, la piscina.

Una charca de cemento y aguas verdes en un jardín de infancia de Caracas. Eso era para mí la pileta: una cosa excepcional, un sustantivo inventado. Llegué a pensar incluso que se trataba de la única pileta del mundo y que esa palabra estaba hecha solo para nombrar la alberca que presidía el patio en el que jugábamos los niños de preparatorio. A veces se llenaba de larvas minúsculas, elásticas y fluorescentes. Se me iba la media hora de juego viéndolas retorcerse en el agua empozada.

—¡Adelaida, vení! ¡Dejá ya la pileta!

Verónica, mi profesora, era chilena y había llegado a Caracas desde Santiago con su marido y sus dos hijos. La dictadura de Pinochet los hizo tomar la decisión de marcharse, nos explicó una vez mientras supervisaba nuestra merienda de media mañana.

—¿Quién es Pinochet? —pregunté con un sándwich de mayonesa entre las manos.

—Un presidente.

Encontré absurda aquella explicación. ¿Qué tenía que ver el presidente de un país con que otros, así, de la nada, empacaran sus cosas y se marcharan para siempre?

Verónica debía de tener la misma edad que mi madre. Su rostro parecía de papel, con una piel blanca y de aspecto quebradizo. Su cabello era corto y muy oscuro. Había en ella una tristeza imperceptible que la cogía a traición en los momentos menos esperados: mientras organizábamos los cepillos de dientes de los niños que acudían al turno de tarde, cuando cantaba canciones desteñidas sobre mujeres que iban a morir ahogándose en el mar y sobre todo cuando algún padre o una madre preguntaban cómo estaban «las cosas» en Chile.

—Ya sabés, allá solo puede ir a peor todo —respondía.

La que más se detenía a hablar con ella era la madre de Alicia, una niña parecida al dibujo animado de Heidi y que hablaba poco. Cada vez que alguien se burlaba de su acento, entre argentino y venezolano, cogía por el brazo al niño imprudente y le enterraba los dientes. Después de esos episodios, la madre de Alicia aparecía por el colegio para reunirse con Verónica y dar cuenta del comportamiento de su hija.

Charlaban unos minutos y luego salían al patio de recreo. La madre de Alicia andaba con un paso elegante realzado por esa ropa maravillosa que solía llevar siempre, unas mallas de baile cubiertas por una falda ligera que levantaba para enseñarnos sus zapatos. Tenía el cabello negro brillante recogido siempre en un moño.

Era bailarina de ballet clásico, pero se ganaba la vida en el Ballet de Marjorie Flores, que amenizaba los intermedios de *Sá-*

*bado Sensacional*, el magazine vespertino de los fines de semana, un programa por el que desfilaban desde niños con algún talento para el canto o la recitación hasta la estrella internacional que estuviese de gira esa semana en el país y que cerraba el show, a las ocho, justo antes de cenar. Ella siempre estaba en el coro de bailarinas. Interpretaba algún solo de relumbrón zapateando un joropo mientras agitaba sus vestidos floreados, o un tango que había aprendido en sus días en Buenos Aires, o al menos eso me contó un día Alicia. Su papá, un editor y periodista argentino, conoció a su madre en una de las giras que ella hacía entonces por el sur de América. Se casaron al poco tiempo y fijaron su residencia en la capital... Pero yo solo quería saber de las faldas de su madre.

—¡Mira, mamá! ¡Es ella, ella!

—¿Quién, Adelaida?

—¡La mamá de Alicia, la que te dije, la del Ballet de Marjorie Flores!

—¡Adelaida, qué nombre tan cursi para un grupo de baile, por Dios!

—¡Ven, ven, que te la enseño!

—A ver, espera que me ponga los lentes.

Entonces esperábamos las dos, plantadas ante el televisor, hasta que ella aparecía: morena y criollísima, con su sonrisa de dientes blancos y sus faldones de llanera del Arauca.

—Sí, es buenamoza —concedía mi mamá, que un día compró entradas para verla bailar en el teatro de la ciudad.

Mi madre no pudo distinguirla en el abultado coro de cisnes blancos que se movía de un lado a otro de un escenario envuelto por humo artificial. Insistió en que no estaba. A mí sí me pareció reconocerla entre cuatro señoritas que interpretaban un *pas de quatre* al ritmo de un oboe.

El lunes siguiente, a la salida de clases, mi madre desobedeció a su timidez y se presentó a la madre de Alicia. Fuimos juntas de la mano para contarle que habíamos asistido a la función de *El lago de los cisnes*.

—Es usted de Ocumare, ¡yo soy de Maracay, que está muy cerca! —dijo la bailarina.

—Sí, al lado —replicó mi madre.

—¡Al ladito! Después del tiempo en Argentina, no volví.

—Ah, caramba, ¿Argentina?

—Sí, ya ves, mi marido era de Buenos Aires, pero tuvimos que irnos...

Bajo el sol del mediodía, Alicia junto a su madre y yo junto a la mía presenciamos el martillazo en el rostro de Verónica, que se había sumado a la charla.

—Tú también te fuiste de Chile, ¿no? —le dijo la madre de Alicia.

—Sí, yo también me tuve que ir de allá...

En ese jardín de infancia a las piscinas las llamábamos «piletas» y Verónica decía «allá» en lugar de Chile o Santiago, como si la sola elección de esa palabra enfatizara la lejanía. «Allá» era un pasado. Un lugar del que parecían haber salido con la condición de no mencionarlo jamás. Una palabra que escocía como el muñón de un brazo amputado.

Me desperté junto a la puerta de casa con un fuerte dolor de cabeza. No escuché nada. Ni un paso o voz cercana. Las veinte familias que vivían en el edificio parecían haber desaparecido. Mi bolso de mano estaba abierto junto a mis pies. Alguien había robado lo poco que llevaba en él: las llaves y mi teléfono. En el monedero aún conservaba mis documentos. De los billetes, ni rastro. Sentí un sabor a metal en la boca. De la casa provenía una música estridente y familiar. «Tumba-la-casa-mami, tumba-la-casa-mami; pero que-tu-tumba-la-casa-mami». Era el reguetón del cementerio, que ahora sonaba en el interior de mi departamento como si de una pachanga de barrio se tratara.

Me levanté con dificultad, dando tumbos en aquel pasillo sin luz. Todo olía a sudor y basura. Llamé a la puerta. La música sonaba tan fuerte que ni yo era capaz de percibir el sonido de mis nudillos. Golpeé de nuevo: nada. Del otro lado escuchaba risas, un sonido de vasos y cubiertos. Golpeé, todavía con más fuerza. Abrió la misma mujer. Aún vestía la blusa de mariposa monarca, ahora deformada sin gracia sobre su estómago. Todo en ella resultaba excesivo: el tamaño de su cuerpo, su hedor a sudor y perfume barato. La mandamasía que desprendía cada uno de sus músculos y sus gestos era casi procaz. Ella era la Mariscala, pues. El grado máximo de aquel ejército de miseria y violencia que asolaba la ciudad.

—¿Tú otra vez, m'hija? ¿Ya se te pasó el desmayo, mi amor?

Me miró de arriba abajo. Llevaba un palo de fregona en la mano.

—Yo...

—Sí, ajá... Tú, ¿qué?

—Yo soy la dueña de este apartamento. Esta es mi casa. Salgan de aquí o llamo a la policía.

—A ver, mi vida, ¿a ti el golpe te puso estúpida, o ya lo eras de nacimiento? Nosotras aquí somos la autoridad: la au-to-ri-dad.

Yo solo podía mirar el hueco de un colmillo ausente en su dentadura.

—Fuera de aquí —repetí.

—No, aquí la única que se va eres tú.

No hice caso e intenté asomarme. La Mariscala me cogió del brazo.

—¡Eh, eh, eh! Cuidadito, que tú bien sabes lo que te puede pasar si te alborotas.

—Quiero mis libros, quiero mis platos, quiero mis cosas.

Me miró con ojos becerros, desprovistos de toda inteligencia. Sin dejar de presionar mi brazo con su mano, se levantó la blusa, de la que cayeron algunas lentejuelas. Tenía un revólver encajado sobre su tripa, que se desparramaba como una salchicha gracias a la liga de una malla que asfixiaba la circunferencia de su cintura.

—Mi vida, ¿tú ves este pistolón? —dijo señalándolo con los labios—. Si quisiera, podría metértelo por el culo y reventarte de un plomazo. A que sí, ¿verdad? Pero hoy, justo hoy, no lo voy a hacer. Si tú te vas tranquilita y no vuelves, nosotras no te vamos a molestar a ti.

—Quiero mis libros, quiero mi vajilla, quiero mi casa. ¡Devuélvemelos!

—¿Tú quieres todo eso? Ya lo vas a tener, espérate mi reina. Wendy, ven pa' acá.

La mujer llegó hasta la puerta arrastrando sus chanclas. Sus bermudas dejaban a la vista unas piernas llenas de costras.

—Mande.

—Aquí la señorita dice que quiere unos platos y unos libros que son suyos. ¡Tráeselos!

La Mariscala, desafiante, dejó el palo de la fregona a un lado y se cruzó de brazos mientras esperaba a que su subalterna trajera mis cosas. Había dejado la pistola visible, apretada contra su estómago. La fulana Wendy llegó con una torre de seis platos.

—¿Qué hago con esto?

—Dámelo a mí. Ahora ve por los libros. Apúrate, que no vamos a estar aquí todo el día con la señorita, que ya se va. Porque después de esto te arrancas, mamita.

La Mariscala me tendió la torre de platos sujetándola con ambas manos. A simple vista pude ver que no estaba completa.

—Aquí no está toda la vajilla, ¿dónde está el resto?

—¿Qué, m'hija? ¿Encima te quejas? Toma tus platos, chica.

Los dejó caer, uno por uno. Cada fuente estallaba en pedazos sobre el suelo de granito... Crash. Crash. Crash. Crash. Y crash.

—¿Querías tus platos? Ahí los tienes.

—Ñora, ahí hay mucho libro, yo no puedo cargá tó eso. Traje los que pude agarrar —dijo Wendy, que apareció de nuevo en el marco de la puerta con cinco o seis volúmenes.

—Déjalo y vete pa' la cocina, m'hijita. Revisa qué más hay para nosotras. —La Mariscala hizo una pausa dramática y le arrebató los libros de la mano—. A ver qué hay aquí: *El otoño del... del... del pa... pa... patri...*

—Patriarca.

—Calladita, ¿qué te crees?, ¿que no sé leer?

—¿Francamente? No.

—Pues mira que sí chica. Te lo voy a demostrar. ¡Te vo'a leé un poema!

Cogió la edición por las tapas, la abrió, y tiró en ambas direcciones. Los hilos crujieron sin esfuerzo entre aquellas manazas. Las páginas se desprendieron como las hojas de un árbol. La miré con todo el cansancio y hartazgo que habitaban mi corazón. La Mariscala se reía, se relamía.

—Mira y mira lo que hago con tus cosas —dijo mientras pisaba los pedazos de la vajilla de La Cartuja—. Esto lo hacemos, mi amor, porque tenemos hambre. Ham-bre. —Separó la palabra en sílabas otra vez para añadir efecto a la frase con la que el Comandante justificó a quienes robaban para atraerlos a su manto electoral. «Conmigo nadie nunca más robará por hambre», había dicho—. Tú seguro que nunca has sentido eso. Tú no sabes, chica, lo que es el hambre. Eso, m'hija: ham-bre.

Soltó otra risotada y comenzó a sobar su revólver con la mano.

—Esta casa ahora es nuestra, porque todo esto siempre fue nuestro. Pero ustedes nos lo quitaron.

Miré los platos, las hojas arrancadas, los dedos gordos con las uñas sin esmalte, las chanclas y la blusa de mi madre. Levanté la mirada, que ella sostuvo, gustosa. La boca aún me sabía a metal.

Le escupí.

Se limpió el rostro, inmutable, y cogió su pistola. Lo último que recuerdo fue el sonido de la culata contra mi cabeza.

Comimos pollo a la brasa con hallaquitas de maíz. Usamos tenedores de plástico y servilletas de papel áspero, un almuerzo rápido antes de volver a Caracas. Hacía calor y las chicharras cantaban como locas, llamando a la lluvia con el roce de sus patas. Olía a butano, gasolina, aceite de motor y fritura de cerdo.

—¿No vas a soltar nunca ese huevo, ni siquiera para comer? —Mi madre resopló—. No le va a pasar nada porque lo dejes un momento en la mesa y comas como es debido, usando los cubiertos y la servilleta, haz el favor.

—Si lo suelto, puede resbalar y caer. Morirá el pollo que lleva dentro.

—Para que ese pollo nazca necesita el calor de la gallina. Por más que lo sostengas entre tus manos, no crecerá.

—Sí, crecerá. Tendré un pollito amarillo. Ya verás.

Dejé parte del pollo y mordisqueé sin ganas una hallaquita que quedó por la mitad. Recogimos los platos de papel y los dejamos en un contenedor rebosante de restos de cochino, morcilla y plátano frito sobre los que los perros callejeros se abalanzaban hambrientos. Cruzamos una fila de quincallas en las que vendían peluches recubiertos de grasa y polvo, también billetes de lotería y cintas de música folclórica. Me detuve ante un mostrador repleto de dulces criollos. Las moscas y las avispas revoloteaban sobre las melcochas, las conservas de coco, los bocadillos de guayaba con dulce de leche y los golfeados cubiertos de papelón.

—Como te comas uno de esos dulces te vas a sacar las muelas. Además, quién sabe con qué agua o en qué condiciones los hacen —dijo mi madre mientras yo salivaba ante una barra de caramelo envuelta en plástico.

—No he dicho que vaya a comerla. Solo la estoy mirando.

—Hagamos un trato: si sueltas el huevo y lo dejas en algún lugar, te compro uno de esos dulces. El que más te guste.

—No voy a dejarlo.

—¿Ni siquiera por una melcocha? ¿O por un bocadito de coco? Mmm... No vas a resistir.

—Me quedo con el pollito, mamá.

—Como ese huevo se rompa en el viaje, ya vas a ver el lío. Te habrás quedado sin el chivo y sin el mecate.

—No quiero un chivo, ni un mecate. Quiero un pollito.

Mi madre extendió un billete de veinte bolívares, aquellos viejos y alargados papeles de color verde. Entonces valían lo que su denominación real: veinte bolívares. No veinte millones, ni veinte bolívares fuertes —esos a los que les añadieron ceros y luego se los arrebataron para disimular lo poco que valían—. Del dinero que existió antes de los Hijos de la Revolución, aquel era el billete que más me gustaba. Veinte bolívares de entonces alcanzaban para tres o cuatro desayunos. Varios kilos de cualquier cosa. Era una fortuna.

—Deme una conserva de coco —dijo mi madre a una mujer sin dientes que asaba arepas en un budare al mismo tiempo que fumaba un cigarrillo con la candela hacia dentro.

La mujer lo cogió. Se pasó la mano derecha por la frente, dejó el billete a un lado y terminó de darle forma al bollo. Luego sirvió la conserva en una bolsa de papel marrón. Le dio el cambio a mi madre y volvió a sobar su coronilla. Sacó el cigarrillo ensalivado de la boca, expulsó una bocanada de humo y lo encajó de nuevo entre sus labios. Mi madre se dio la vuelta, miró al techo e hizo de tripas corazón.

—Si dejas el huevo antes de subir al autobús, te doy permiso para merendar un poco de esto.

—No voy a soltarlo.

—Adelaida, te cambio ese huevo por este pedazo de conserva. ¡Las adoras!

—Ni lo sueñes.

Guardó el dulce en su bolso, me cogió de la mano y comenzó a caminar en dirección al autobús de vuelta a Caracas. Después de aguardar nuestro turno para subir, sacó el dulce y empezó a hacer sonidos con una glotonería sobreactuada.

—Mmm, qué buena pinta. Cómo huele.

Me mantuve firme. Ni probé el dulce ni abandoné el huevo que había encontrado en el suelo del gallinero de la pensión de las Falcón. Quería ver ese pollo salir del cascarón.

Pasamos todo el viaje en silencio. Mi madre, agotada, dormía sujetando el bolso entre las manos. Yo, reina tirana y dueña del asiento de la ventanilla, pasaba revista a los pequeños puestos de vendedores ambulantes al pie de la carretera: cambures titiaros, mandarinas y casabe, aquellas tortas de yuca seca bañadas en melaza de caña de azúcar; también las flores y los crucifijos de las capillas improvisadas para recordar a los que habían perdido la vida en accidentes de tráfico hacía quién sabe cuánto tiempo. En aquel país los muertos amenazaban por todas partes.

Todo lugar se dibuja y se borra en sus carreteras, en los caminos que van de la periferia al centro. Nosotras íbamos del mar a la montaña, una y otra vez. Atravesábamos los kilómetros que separan a unas personas de otras. Cruzábamos valles sembrados de caña de azúcar, apamates y araguaneyes.

Yo sostenía aún mi huevo pálido y pequeño. Lo sujetaba entre las manos, esperando acaso que el calor de mi cuerpo y el largo viaje alumbraran un ser vivo.

Mi madre despertó cuando el autobús aparcaba en la dársena del terminal metropolitano. Parecía haber envejecido durante el viaje. Se levantó del asiento con movimientos mecánicos. Me preguntó si tenía sed. Si necesitaba ir al baño. A todo dije no. Ella cogió su bolso, pasó revista a los objetos que llevaba consigo y me dio un beso.

Bajamos arrastrando los pies y tirando de la cuerda de un equipaje discreto: la poca ropa que cabía en nuestra maleta. Subimos a un taxi viejo, un Dodge destartalado con los faros quebrados y abolladuras en la puerta. Entonces no los llamábamos «taxis», sino «libres». El conductor nos dejó en la puerta del edificio. Mi madre lo bajó todo sola: la pequeña maleta y las bolsas llenas de ciruelas. Pagó con un billete arrugado.

Esperamos el ascensor. Subimos en silencio por la garganta herrumbrosa de nuestro viejo bloque de viviendas. Una vez en casa, mi madre llamó a mis tías para hacerles saber que habíamos llegado bien. Yo, agobiada como estaba por el huevo, había olvidado anudar los cordones de mis zapatos. Por un momento, la única vez del día en que me separé de él, coloqué el huevo en la mesa de la cocina. Me agaché y emprendí la tarea de atarme los zapatos. Ya a punto de rematar el moño, el huevo cayó pesado, sin gracia. Se estrelló junto a mi pie izquierdo. Los mil pedazos de una cáscara beis.

La clara entera se desparramó sobre el suelo de granito. En la yema amarilla, distinguí un puntito rojo..., la poca vida que pude insuflar con mis manos, incapaces de alumbrar nada. Mi madre volvió a la cocina y vio el destrozo. El del huevo y el de mi rostro. Sacó del bolso la conserva de coco envuelta en una bolsa de papel. La miró con asco y la tiró al cubo de la basura.

—Voy a encender el termo del baño. Cuando el agua esté caliente, dúchate. Ya me encargo yo de esto.

Ella limpió el desastre. Yo me metí a la ducha. Me froté con una pastilla de jabón verde que olía a jazmín mientras el agua borraba de mi piel las horas de autobús. La espera inútil de aquel viaje de vuelta a casa.

—Viva te coso, viva te coseré.

Al contacto con la piel, la aguja escocía y quemaba. Me arrancaba lágrimas de dolor.

—Viva te coso, viva te coseré.

—María, me duele. ¡Ay, me duele! Déjalo ya. ¡Déjalo!

—Shhh. Eso tenías que pensarlo antes. Así que cállate y déjame trabajar. Viva te coso, viva te coseré.

Antes de ser enfermera, María, la vecina del sexto, había fantaseado con ser modista. Su madre vivía de confeccionar ropa y reparar la que otros llevaban para adecentarla. Hacía bellezas con muy poco, me dijo mientras ensartaba el hilo quirúrgico en el ojo de una aguja esterilizada.

—¿Sabes?, yo quería coser como mi mamá. Con la misma gracia remataba el ruedo de unos pantalones que un vestido de boda. ¡Imagínate!, en aquella ciudad no había tantas tiendas como ahora.

—María, por favor... ¡Me duele!

—¿Te acuerdas de aquellas callecitas estrechas de La Pastora? Allá arriba... ¿Te acuerdas o no?

—Sí, me acuerdo. Pero María..., ¡me duele!

—Pues eso, por allá mi mamá montó una tienda. Consiguió una clientela fija, sobre todo de novias, que iban a probarse los vestidos el día antes de la ceremonia.

—María, por favor... ¡Por favor, para ya!

—Shhhh. Tranquila, m'hija. Cállate y escucha. Cuando daba las últimas puntadas a los pies de la clienta aún vestida con el traje de boda, mi mamá repetía: «Viva te coso, viva te coseré». ¿Y sabes por qué lo hacía?

—María, déjalo.

—Shhh, tranquila muchacha, escucha el cuento, que es bueno. Mi mamá decía que si cosías una prenda mientras alguien la llevaba puesta, la gente se moría. Cosas de pueblo, ya tú sabes. Así que cuando le hago algún apaño a alguien, repito siempre esa frase: «Viva te coso, viva te coseré». Y el tuyo cuenta como apaño. Porque no te vamos a arrancar la cabeza para cosértela, ¿verdad?

—María, me duele...

—Aguanta y aprieta bien los dientes, que esta es la que más va a doler. —Y hundió por última vez la aguja quirúrgica en la piel—. Viva te coso, viva te coseré. Ya está, ahí tienes la cabeza, lista. ¡Como nueva!

Si quería vivir, tenía que mantenerme despierta, alerta. María, que insistió en que me quedara en su casa, que llamara a mis tías, que por Dios no saliera como estaba, me dio a beber agua con azúcar. A pesar de la glucosa que regó mi cerebro, tuve que agarrarme con fuerza al marco de la puerta antes de salir.

—Muchacha, ¿adónde vas? ¿Qué vas a hacer? Quédate aquí.

—Estoy bien.

—No estás bien. ¿Adónde vas?

—A la policía.

—¡Pero qué policía ni qué policía, m'hijita! Vas a empeorar las cosas. Quédate esta noche y ya mañana llamas a tus tías y te vas de aquí de una vez. Ni se te ocurra pelear con esa gente. Vete a Ocumare. Vete lejos. Mañana vendrán más. Pero si llamas a la policía, vendrán en un segundo. ¿No entiendes que esa gente manda? ¿No lo entiendes, muchacha?

—María, no sé cómo pagarte este favor. Ya encontraré manera.

—Ni me debes ni tienes que pagarme nada. Solo te digo una cosa: de aquí no sales.

—Tengo que resolver todo esto.

—Quédate esta noche. Mañana te vas a donde quieras. Tienes la cabeza rota. Al menos espera hasta que se pase el dolor. Tengo una habitación desocupada, te acuestas y mañana vas y haces lo que te dé la gana. Aunque te digo, desde ya: nadie va a hacer nada contra ellas y los que vamos a terminar pagando el pato seremos nosotros. Muchacha, esta guerra ya está perdida. Con ellas vendrán más malandros y delincuentes, m'hija. Viviremos con más miedo del que ya tenemos.

—¿Más?

—Entiende, Adelaida, que ya no hay fondo. Nunca vamos a conocer el límite de esta desgracia. Quédate.

—María, gracias por todo…, pero no vas a convencerme.

—No vayas a la policía. Haz lo que quieras, pero no denuncies.

—Adiós, María.

Bajé las escaleras hasta la quinta planta y me detuve ante la puerta cerrada del apartamento de Aurora Peralta. Inspeccioné la línea de luz bajo la puerta, intentando adivinar sombras o pasos. Una vez más, no vi nada. Me planté ante aquella tabla de madera pintada de blanco. Miré la cerradura: ni rastro de forzamientos. Coloqué la mano sobre la manilla... y ocurrió un milagro. No fue necesario forzar la puerta, bastó con presionar y empujar. Entré rápido y cerré en silencio. La ventana del salón estaba abierta. A través de ella entraba un viento maluco de plomo y reyerta. Repasé con la mirada un salón de estar muy parecido al nuestro. Entonces mis ojos se toparon con ella.

Aurora Peralta estaba tendida en el suelo. Tenía los ojos abiertos y los labios morados. No supe qué fue peor, si el dolor en la cabeza, el miedo de verla así o el temor de delatarme con un grito histérico.

—¡Aurora! ¡Aurora! ¡Soy la vecina! —susurré.

Puse un dedo en su cuello para comprobar si tenía pulso. Estaba tiesa y fría. Sentí al mismo tiempo asco y compasión. Una serpiente de vómito subió por mi garganta. Corrí al fregadero de la cocina, idéntica a la nuestra, y expulsé un jugo agrio. Volví al salón, con las piernas flojas. La miré, de lejos. Aurora Peralta era ya otro de los muchos fiambres que habitaban aquella ciudad fantasma.

Sobre la encimera encontré un cuenco en el que había colocado los huevos que la muerte la sorprendió batiendo a punto de nieve. El salón de muebles sin tapizar tenía el aspecto de un bodegón. La imagen hizo estallar en mí la compasión que nunca

me produjo en vida. Ante el cuerpo sin vida de Aurora Peralta
vi tejerse el hilo que durante casi treinta años nos colocó a
ambos lados de una misma pared. Su casa era el reverso de la
mía. Habíamos seguido direcciones opuestas bajo un mismo
techo. Aurora Peralta era un cadáver y yo, Adelaida Falcón, la
superviviente. Nos unía un estambre invisible. Un cordón um-
bilical imprevisto entre vivos y muertos.

Corrí a buscar algo con que taparla. Quería cubrir esos ojos
abiertos que me miraban desde el más allá. Abrí gavetas, busqué una sábana, una toalla o algún mantel lo suficientemente
grande para que ninguna de sus extremidades quedara a la vista. En el armario del dormitorio principal conseguí una sábana blanca. Al momento de cubrirla, cerré los ojos para no to-
parme con los suyos. Me quedé de pie, recorriendo aquel bulto
con la mirada. Luego miré a mi alrededor. Que los muebles
me dijeran todo cuanto ignoraba. ¿La mataron? ¿Se murió?
¿Sufrió un infarto? Todo era confuso y precipitado. Había una
única certeza: ella estaba muerta y yo viva. ¿Quién se pregun-
taría ahora por la muerte de Aurora Peralta? ¿La esperaba alguien? ¿La echaría de menos un familiar, un amigo, un aman-
te? ¿O ella, como yo, tenía suficiente olvido a cuestas para que
nadie notase su ausencia? Sobre la mesa había tres cartas, dos
abiertas y una precintada junto a un teléfono móvil sin carga
y el manojo de llaves con las que no llegó a cerrar la puerta.
Debió de empujarla de un golpe y sin el elemental pestillo que
alguien en su sano juicio habría usado en una ciudad como
aquella, lo que me había permitido a mí entrar con solo presionar la manilla hacia abajo. ¿Qué apremio había sorprendido

a esta mujer para que lo dejara todo y se pusiera a batir claras de huevo?

¿La Mariscala y sus secuaces la mataron? ¿Intentaron entrar y salieron cuando la vieron muerta? ¿Por qué invadieron mi departamento y no este? Volví a dar un repaso. Pero en aquel piso no había señales de violencia, ni siquiera el desorden de los ladrones que buscan billetes o joyas. Todo parecía en su sitio. Pasando por alto, claro, que había una mujer muerta en su interior. La luz de la cocina permaneció encendida todo ese tiempo. Sentí terror, un miedo seco y salobre. La comezón de quien desea, al mismo tiempo, permanecer y marcharse. Pero adónde. No tenía dónde vivir. Descarté la opción de acudir a la policía y me aferré a aquel refugio. Piensa, piensa, piensa. Adelaida Falcón, piensa.

En la que hasta hacía poco había sido mi casa, todavía sonaban pasos, incluso más nítidos que los que escuchábamos mi madre y yo dar a Aurora Peralta cuando vivía. Podía distinguir el chancleteo de Wendy, la risotada de la Mariscala, el trasiego de quienes conquistan un territorio. El soniquete aplastante del «Tu-tumba-la-casa-mami, tumba-la-casa-mami; pero que tu-tumba-la-casa-mami». La banda sonora de una pesadilla sobre la que, entrada la madrugada, timbró con insistencia el teléfono de casa, que repicó sin cesar durante al menos veinte minutos. ¿Quién me estaría buscando y para qué?

La plaza Miranda se veía mejor desde esta parte de la torre. Una nueva patrulla de mujeres había relevado a la anterior. Eran incluso más corpulentas que la Mariscala y su clan. María tenía razón: no les costaría nada ocupar los otros departamentos, tuviesen o no personas dentro. A las nuevas guerreras de la plaza las acompañaban algunos Motorizados de la Patria. De momento, eso sí, tenían distracción. Peleaban contra un grupo de chicos que estaban quemando unas pancartas alegóricas al Comandante Eterno.

No tardó en aparecer un convoy de policías militares y un puñado de pistoleros. Los vi llegar, tumultuosos y sanguinarios. Quería gritar, advertir de que eran demasiados, pero la voz me abandonó. Los tiradores móviles ya se habían cobrado dos presas: una pareja de flacuchentos jovencitos, tendidos ahora sobre el asfalto. Uno de ellos convulsionaba y escupía sangre por la boca, como un toro mal estocado.

Regresé al salón y cogí la única carta sin abrir que permanecía sobre la mesa. Era una carta del consulado de España en la ciudad. Intenté leerlo a contraluz, pero fue imposible. Volví sobre las cartas abiertas. Una, el recibo de la luz. La otra, también con el sello de la bandera rojigualda, una comunicación en la que el Estado español solicitaba una fe de vida de Julia Peralta, su madre, para cobrar la pensión. Hasta donde yo sabía, esa señora había muerto por lo menos cinco años antes. Doblé la carta del consulado español y la solicitud de la fe de vida por la mitad y las escondí en mi pantalón, cogí las llaves y cerré la puerta.

Aurora Peralta estaba muerta, pero yo seguía viva.

Nunca presencié un nacimiento. No concebí ni parí. No mecí en brazos a ninguna criatura. No calmé ningún llanto, excepto el mío. En nuestra familia no nacían niños. Morían, eso sí, viejas mujeres deshechas en el camastro de su autoridad. Reinaban incluso al pie de una tumba, como quien muere al pie de un volcán. Tampoco entendí la maternidad como una situación distinta de la que sosteníamos mi madre y yo: una relación de intendencia y buen gobierno, una forma discreta de amor que se manifestaba en el equilibrio del mundo que formábamos juntas. No tuve conciencia ni escala de un alumbramiento hasta ese día en el que mi mamá me llevó a ver aquel lienzo de Arturo Michelena, un pintor al que yo solo atribuía batallas y que se alzó ante mí con la prueba irrefutable de que la luz alumbra, esclarece lo turbio y dota de razón la oscura casquería del bajo vientre.

Fue su lienzo *La joven madre* lo que me hizo preguntarme, por primera vez, qué suponía gestar. Yo tenía doce años y aquel cuadro más de un siglo. Michelena lo pintó en 1889, en su época dorada. Vivía en París, había ganado premios en varios salones oficiales e incluso había recibido una medalla en la Exposición Universal, la misma en la que se presentó la torre Eiffel. Michelena era un pintor académico, un cosmopolita moderado, alguien que estaba muy lejos de entender el Salon des Refusés, pero que volcaba la luz de los valles valencianos de Venezuela como solo saben hacerlo quienes han sido educados bajo el encandilamiento del trópico. Esa luz que todo lo quema.

Me planté ante ese lienzo como si descubriera una verdad doméstica: las madres encierran al mismo tiempo belleza y estropicio. Entonces yo nada sabía de Emma Bovary ni de Ana Karénina, ignoraba a las insatisfechas suicidas de la misma forma que desconocía a las poetas desgraciadas que me hicieron lectora. No había leído a Miyó Vestrini y sus *Órdenes al corazón*, ni tenía noticia de la demolición de *Casa o lobo*, de Yolanda Pantin, o el *Carriel para la fiesta*, de Elisa Lerner. Había leído, es verdad, la *Ifigenia*, de Teresa de la Parra, pero sin entender jamás el aburrimiento que empujaba a escribir a aquella señorita caraqueña. No comprendía ni por asomo a aquellas grandes mujeres que se tatuaron en mi vida como deudas, y, sin embargo, ante ese lienzo de Michelena descubrí a la mujer que ya habitaba en mi interior. No era valiente, pero quería serlo. No era hermosa, pero codiciaba aquella lisura de las pieles fértiles como la que exhibía esa mujer que ahora tenía frente a mí.

Fue Michelena quien me enfrentó al espejo de mis propias curvas, el que iluminó el estropicio de mi cuerpo con su joven madre tumbada en la mecedora, una ninfa casi sacada de *Las hilanderas*, que sostenía en brazos a un niño demasiado grande, blanco y saludable para aquel país castigado por el hambre y la guerra. Mirando el temblor de las hojas reflejadas en la piel, desentrañando las falsas sombras creadas por la paleta del pintor, estudié la silueta carnosa de aquella mujer y el lento ocaso que supone alumbrar. Si conocer es modificar la propia ignorancia, aquella mañana recibí una pedrada: ese raro influjo de belleza que desprenden las madres, seres de perfume tenue, mujeres que brillan bajo la luz de la mañana.

Mi madre y yo avanzábamos por el paseo Los Caobos, el bulevar de un parque capitalino afrancesado que un ingeniero catalán, Maragall, planificó para la Caracas de los años cincuenta. Veníamos de una función de *Pedro y el Lobo* en la José Félix Ribas del Teresa Carreño, el teatro más grande de la nación. Una isla en aquel país que quería ser distinto de sí mismo. Nos detuvimos ante la fuente de Francisco Narváez, para mirar sus ninfas macizas, unas indias talladas en piedra semejantes a la estatua de la diosa María Lionza. A diferencia de esta, aquellas parecían más severas. La fuente de la que formaban parte, y que el escultor llamó como al país, *Venezuela*, presidía un gran espejo de agua sobre el que flotaban envoltorios de caramelos y bolsas desteñidas de patatas. Una sopa revuelta de hojas y deshechos.

—¿Te gustó la Galería de Arte Nacional? —preguntó mi madre.

—Mmm... —contesté mientras succionaba con fuerza de la pajita de un pequeño tetrabrik de jugo de durazno que ella había sacado de su bolso.

—¿Y qué fue lo que más te gustó? —Aún con su pregunta en la cabeza, fijé la vista en los pechos exagerados de las indias de Narváez, luego miré mis zapatos blancos llenos de grietas.

—La mamá.

—¿Cuál?

—La de Michelena...

—¿Y eso? Pensé que te gustarían los penetrables de Soto o las esculturas de Cruz-Diez.

—Están bien, sí. Pero me gustó la mamá. Esa del vestido y la pérgola.

—Ah, claro —respondió mi madre, condescendiente—. Por el vestido rosa, ¿verdad?

—No. —Me quedé en silencio, rebañando las palabras en el poco jugo del envase—. Me gusta porque tiembla.

—¿Tiembla?

—Sí. —Di otro sorbo potente—. Se mueve. Tiembla. Es y no es de verdad, ¿entiendes? Existe y no existe... Va y viene. No es un dibujo. Está viva.

Mi madre se quedó mirando el estanque del parque Los Caobos. Las chicharras ya ensayaban su estruendo de sequía y la mañana se colaba, boba, como un residuo dominical. El paseo de mármol, entonces sin vandalizar, invitaba a dormir una larga siesta. Mi madre rebuscó en su bolso y sacó un paquete de pañuelos de papel que me extendió para que me limpiara la boca.

—¿Y por eso te gusta?

—Mmm... —le respondí sin dar más explicaciones—. Cuando yo nací, ¿nos veíamos así?

—Así ¿cómo?

—Como en esa pintura: grandes, rosadas. Ya sabes, así, con aspecto de bizcocho.

—Sí, hija. Nos veíamos así. —A mi madre se le torció el gesto y comenzó a sacudirse la falda. Cerró el bolso y me cogió de la mano.

Dentro de la profunda soledad de un parque lleno de ninfas y árboles, algo en aquel país comenzaba a depredarnos.

Estudié las salidas hacia la zona del parking. También los basureros más próximos y el acceso hacia las calles menos transitadas. Necesitaba deshacerme del cuerpo de Aurora Peralta sin llamar la atención. Si quería guarecerme en su piso, no podía cometer ningún error. Descarté la opción de avisar a la policía. Era mucho más probable que yo acabara en la cárcel que que alguien creyera mi versión. Esperé hasta las diez de la noche. Las ráfagas de disparos barrían la calle. Plomo, puro plomo. Los pasillos estaban desiertos. La gente permanecía encerrada en sus casas, temerosa de su propia suerte. Tres horas atrás, la Mariscala y su tropa habían abandonado el fortín para sumarse a la gresca de la avenida Urdaneta. Los Hijos de la Revolución y sus grupos armados masacraban a un centenar de encapuchados que protestaba contra el Gobierno: gente que salía a que la mataran, porque el hambre y la rabia juntas son motivo suficiente para morir. Era el momento. No podía perder la oportunidad que me ofrecían la confusión y la desesperación de los demás.

Arrastrar a Aurora Peralta hasta el pasillo fue bastante más complicado de lo previsto. Sus sesenta kilos se transformaron en una tonelada. No supe qué fue peor: si el peso o la rigidez. Pulsé el botón del ascensor. Podía escucharlo rechinar contra las vigas de metal. Subía más lento que nunca por las entrañas del viejo edificio. Cuando abrí la puerta, me di cuenta de que el habitáculo era demasiado pequeño. Tumbado, el cuerpo de Aurora Peralta no entraba. Sus extremidades estaban tiesas como garfios. No podía doblarla, ni cambiar su posición. Me palpitaban las sienes y me temblaban las manos. La camiseta empapada en alcohol que había colocado sobre mi nariz me asfixiaba y los guantes de plástico me sancochaban los dedos. A veces tengo la sensación de no haber sido yo quien hizo todo eso.

De pie, exhausta ante el ascensor abierto y acompañada por su cuerpo tendido ante mis pies, imploré una salida. Arrastrarla escalón por escalón hasta la planta baja habría sido la manera más sencilla de que alguien me descubriera. Tampoco podía quedarme en el pasillo, esperando junto al cadáver. Los doce trabajos de Hércules parecían un pasatiempo frente a aquello. Tenía una sola idea y a ella me aferré: lo único que podía mantenerme con vida era aquella mujer muerta. Tenía que jugar bien mis cartas si pretendía quedarme en su casa.

Empujé el cadáver de Aurora Peralta de vuelta hasta el apartamento. El giro para cambiar la dirección de su cuerpo y dejar sus piernas en línea recta hacia la puerta aumentó la sensación de bucle y dificultad. Una hora entera me había llevado el primer intento de deshacerme de ella y aún seguía en el mismo sitio donde había comenzado. El sonido de los disparos, explosiones y botellazos me infundió valor. Respiré tan hondo como pude. «Adelaida Falcón, piensa.» La desesperación inyecta genialidad.

Levanté la mirada y examiné el departamento oscuro. Una mesa con una máquina de coser junto al balcón se reveló como la opción más práctica. Si los hombres y las mujeres se mataban en las calles, ¿qué tendría de extraño que un cadáver cayera desde un quinto piso? Que lluevan muertos. Así, sin metáforas.

Moví el mueble hasta dejarlo muy pegado a la ventana sobre la balaustrada. Me tomó media hora más levantar a Aurora Peralta del suelo. Subí el cuerpo a una silla y cogí impulso para tenderla sobre el mesón. La superficie plana me serviría de bandeja. La tumbé boca abajo. Sus piernas estaban tiesas como tenazas. El *rigor mortis* le daba un aspecto de acróbata triste. La empujé, embistiendo con los riñones, como si en lugar de deshacerme de un cadáver estuviera dando a luz. «Vino una madre a creer que su hija era la mujer que paría de un ventarrón», cantaba mi mamá. Pues así fue aquello: un parto.

Cuando la cintura de Aurora Peralta sobrepasó el marco de la ventana, el cuerpo se inclinó por el efecto de su propio peso. Vi sus piernas de palo desaparecer en el aire: un bulto despojado de vida y dignidad. Yo no era culpable. No eres culpable, Adelaida, me repetí acuclillada en el suelo del balcón. El sonido de las motocicletas de los Hijos de la Revolución me taladraba los oídos. Las amenazas y los gritos retumbaban como perdigones. «¡Mátalo, mátalo! ¡Mata a ese perro! ¡Grábalo! ¡Grábalo que se lo llevan! ¡Mátalo!» Si no escuché a Aurora Peralta estrellarse contra la acera fue gracias a aquel estruendo.

Quería asomarme, pero permanecí escondida, llena de sudor y vergüenza. Los puntos que me había dado María en la cabeza aún me dolían. El calor se pegaba a mi rostro. Sentí una corriente de estiércol subiéndome hasta el cuello; algo compacto, endurecido. Las cosas habían alcanzado un punto en el que todo intento por remediar lo ya hecho comprometía el siguiente paso. Yo no la había matado, pero eso no me liberaba de haber comido de la basura.

Yo solo quería una casa. Un lugar para dormir. Un espacio para recomponer el rumbo y lavar mi propia inmundicia con una ducha de agua limpia. Que el agua hiciera lo suyo. Que lavara y disolviera esa costra de suciedad que se había formado, como una segunda piel, sobre la mía. Si quería eso, tenía que darme prisa. No podía dejar el cuerpo de Aurora Peralta a las puertas del edificio. Cualquiera podía reconocerla. A unos veinte metros del portal, vi un contenedor en llamas. Si conseguía llevarla hasta ahí, no quedaría rastro de su historia. Un muerto más en la ciudad. Uno más. ¿No aparecen personas descuartizadas en maletas y vertederos? ¿Cuántos cadáveres arrollados que nadie jamás reconocía ni reclamaba cubrían la ciudad? Gente que muere. Y ya está.

No supe si dejarme puesta la camiseta empapada con alcohol que me tapaba el rostro. La necesitaba para soportar el gas lacrimógeno. Pero si bajaba con la cara envuelta, mi aspecto terminaría por asignarme un bando; el perdedor, claro. La mayoría de quienes protestaban usaban camisetas así para resistir horas y horas entre nubes de gas picante. Era el uniforme de quienes recibían el castigo: un imán para los pistoleros sueltos a pie de calle. Me arranqué el trapo en el último minuto y salí a la calle a toda velocidad. Al llegar al portal, una ráfaga de gas picante me abrasó la garganta.

Aurora Peralta había aterrizado en el asfalto con la cabeza. Era difícil reconocerla. El olor a neumático quemado y gas pimienta formaba una capa densa, una neblina ideal para moverse con rapidez. Arrastré el cadáver hacia el bidón que ardía junto a la candela. Estaba algo más lejos de lo que había calculado. En el camino encontré una botella llena de gasolina, una bomba casera que algún infeliz no tuvo tiempo de arrojar. Rocié a Aurora Peralta con el combustible. Tiré de sus tobillos con fuerza y la arrastré hasta la barricada. Su ropa se encendió al contacto con el fuego. Una hoguera de San Juan en el mes de abril.

La estrofa de una canción que cantaban en Ocumare y Choroní todos los 23 de junio apareció en mi mente. Esa letra zafia que oía a lo lejos en el zaguán de la pensión de las Falcón. «Hasta que no suene el plomo, no me voy de aquí. Ay, garabí...», repetían los negros del pueblo mientras aporreaban los tambores y un enjambre de hombres y mujeres movían las caderas entre vapores de sudor y aguardiente. Mis tías Clara y Amelia se sabían completa la letra y la cantaban como quien no quiere la cosa. En la playa bailaban todos juntos en el merequetén, borrachos, codo con codo, nerviosos como larvas, meneando a un santo de madera hasta la orilla del mar.

A pocos metros, Aurora Peralta se consumía entre el fuego y las balas. La gente corría de un lado a otro en su propia merienda de negros, un quilombo sin ton ni son de pólvora, muerte y locura. Aquí bailamos y frotamos a los muertos. Los sudamos, los expulsamos como a los demonios y la boñiga. Van a parar a las fosas sépticas, a la basura que arde fácil, como si estuviésemos hechos de un material de poco valor. «Hasta que no suene el plomo, no me voy de aquí. Ay, garabí». Dejé a Aurora Peralta ardiendo en soledad y eché a correr.

Estaba a punto de llegar a la puerta del edificio cuando algo me derribó. Aterricé en el suelo con la mejilla. Sentí cómo la piel raspaba contra el asfalto. Pensé que había resbalado a causa del aceite con el que rociaban el pavimento para hacer resbalar a los que huían. Solo entonces me di cuenta de que alguien me había derribado. Alguien que con el peso de su cuerpo hacía presión sobre mis caderas, impidiéndome cualquier movimiento.

—¡Párate ahí, chica! ¡Párate ahí! ¿Qué estás haciendo, ah? ¿Adónde vas?

Intenté darme la vuelta, pero aquel cuerpo no me dejaba zafarme. Boca abajo como estaba, no podía ver su rostro, tampoco adivinar a qué bando pertenecía. Si protestaba contra el Gobierno o era de sus huestes. Comencé a moverme, intentando quitármelo de encima.

—¿Qué haces, chica?

Quienquiera que fuese no parecía dispuesto a pegarme, al menos no de primeras.

—¿Qué voy a hacer, pues? Estoy defendiendo, peleando, como tú.

Me revolví hasta quedar boca arriba.

—¿Pelear, tú? ¿Contra qué? ¿Contra quién?

El rostro de mi atacante estaba cubierto con una de las máscaras de los Hijos de la Revolución. Sus ojos me miraban tras el pasamontañas negro pintado con la quijada de un esqueleto. El olor a carne quemada comenzó a esparcirse en el aire. Apretándome con sus piernas y sujetándome los brazos, el cazador solo intentaba mantenerme inmóvil. Redoblé mis esfuerzos, me sacudí, di patadas y estiré el tronco hasta que conseguí zafar un brazo. Manoteé sin puntería, me revolví. Al fin enganché su máscara con las uñas. Tiré con fuerza hasta dejar su rostro descubierto. Él no se opuso, ni siquiera se resistió. Me dejó un instante, sin mover un solo músculo del rostro. Si existía un Dios para los bribones, se había puesto de mi lado. Lo reconocí al instante. Era el hermano de Ana.

—¡Santiago! Eres tú, ¿verdad?

No contestó.

—Tu hermana te está buscando como loca.

—¡Shhhhhh! ¡Disimula y haz lo que yo te diga! Sigue dando golpes y resístete en todo momento, ¿estamos? —Volvió a cubrirse el rostro con la máscara y se acercó a mi oído—. ¿A qué lugar puedo llevarte para sacarte de aquí?

—Justo al bloque de edificios que hay detrás de ti, a menos de veinte metros.

Santiago me levantó del suelo a empujones, exagerando y blandiendo con la mano una granada de gas lacrimógeno que reventó muy cerca. A los pocos segundos, ya nadie podía vernos. Mientras un enjambre de Motorizados cruzaba la avenida a toda velocidad vaciando los tambores de sus pistolas contra los edificios, echamos a correr hacia el portal.

—Adiós —dijo cuando llegamos a la puerta.

Luego se dio la vuelta y comenzó a caminar hacia la calle.

Me abalancé sobre él e intenté halarlo rodeándole el cuello con un brazo. Santiago me apartó con un manotón.

—Métete en tu casa. Si quieres que te peguen un tiro, tú misma, pero yo no me quiero morir. Como se den cuenta de que no te he partido la cabeza, al que le van a pegar el tiro es a mí.

Una nueva ráfaga de disparos nos obligó a tumbarnos en el suelo.

—Por favor, escúchame. Tu hermana te busca. Tienes que llamarla. ¡Y si no lo haces tú, lo hago yo!

—Como la llames, nos van a moler a todos. A ella, a mí y hasta a ti. Así que...

No pudo acabar la frase. Un chico se derrumbó a nuestros pies. No tenía más de diecisiete años. Cayó empujado por la fuerza de una bomba lacrimógena que le reventó el pecho. Justo detrás, apareció un antidisturbios con una escopeta en la mano. Santiago me propinó un puñetazo en el estómago, me cogió por el pelo y me zarandeó como a un muñeco.

—A esta llévatela al camión. ¡Dale, dale, dale, arranca, huevón, arranca! ¡Llévasela al comando Bolívar! —ordenó el hombre a Santiago.

Doblada sobre el suelo, sin aire y con el estómago apretado, aún pude ver cómo aquel sujeto vestido de negro pasaba de nosotros y se dirigía directo a su presa abatida. En cuclillas, comenzó a hurgar los bolsillos del chico tendido en el asfalto. Robar a los muertos, en lugar de darles sepultura.

Pero quién era yo, después de todo, para juzgar a aquel militar.

Hijos del vicio, decían mis tías siguiendo la canción dedicada a san Juan.

«Hasta que no suene el plomo, no me voy de aquí. ¡Ay, garabí!»

No sabía dónde estaba hasta que llegué al portal del edificio. Apenas si pude encajar la llave en la cerradura. Santiago llevaba puesta todavía aquella máscara con la que los Hijos de la Revolución se cubrían el rostro, así que no era del todo sencillo identificar si dábamos caza a alguien o huíamos. La amenaza que infundía aquella prenda nos invisibilizaba ante unos, pero nos hacía vulnerables frente a otros. Unos meses atrás, la ropa asociada al Gobierno habría sido suficiente advertencia para abrirnos paso con la certeza de que nadie se atrevería a acercarse. Pero las cosas habían cambiado. A nadie le temblaba el pulso para emboscar a un miembro del régimen y lincharlo con la ayuda del que deseara unirse al escarmiento. Santiago, un verdugo sin armas, era una víctima barata para quien quisiera devolver la ración de odio que el Comandante nos había legado. Al fin entramos en el apartamento. Santiago se quitó el pasamontañas y miró en silencio los muebles y las paredes. Verlo así, con el rostro chupado y los ojos enloquecidos, me generó más pena que temor. Daba vueltas sobre sí mismo, desorientado. Recorría la sala revuelta. Se atropellaba al hablar. Si me pegó fue para salvarnos el pellejo, decía. Si estaba donde estaba y hacía lo que hacía, era porque...

De pie ante sus propios puntos suspensivos, Santiago volvía a empezar la retahíla. Que si me pegó fue para salvarnos el pellejo. Que aquello, decía blandiendo la máscara, era una pesadilla. Que en tres meses. Que la policía. Que los comandos.

—Te lo dije. Que te fueras, que te metieras de una vez al edificio. ¿Por qué me seguiste, coño? Ahora tú también estás hasta aquí, ¡hasta aquí!, ¿oíste? —dijo al tiempo que sobrevolaba su coronilla con los dedos.

Santiago se equivocaba. El nivel de la cloaca había subido muy por encima de nuestras cabezas. Nos había sepultado. A él, a mí y al resto. Ya no éramos un país, éramos una fosa séptica.

—Baja la voz, ¿quieres? Después de la paliza que me diste, la que tendría que estar gritando como una histérica soy yo.

—Pero es que tú no...

—Sí, ya sé, ya sé, te oí. Si no lo hacías, te cortaban los huevos. Pero ahora soy yo la que te pide que sigas mis reglas: el apartamento de al lado está invadido por unas tipas a las que, ya sabrás tú, no les importa sacarnos a patadas o con el cañón de una pistola hundido en el costado. Mientras estés aquí, habla lo menos posible, y si lo haces, que sea de este lado de la casa. No enciendas ninguna luz y no abras la puerta ni te asomes si alguien toca.

—Pero ¿esta...?

—No, Santiago, esta no es mi casa. Y sí, tengo mucho que explicar. Pero tú también. Tu hermana te da por muerto. No sabe nada de ti. Sigue pagando para que no te maten y tú ni siquiera la has llamado. ¿Qué haces con esos delincuentes? Creíamos que estabas preso. Todos vieron cuando te sacaron de la facultad.

Se quedó de pie en medio del salón, con aquella máscara en las manos. Bajé la voz, corrí a la pared y pegué el oído. Ni la Mariscala ni su tropa habían regresado. No todo estaba perdido: al menos no habían escuchado nada y podía aprovechar unos días más de escondite para resolver las cosas. Cuando me di la vuelta, recibí un golpe de cansancio, un abatimiento todavía mayor al que había sentido al arrojar a Aurora Peralta por el balcón.

Santiago me miraba, casi tan enloquecido como yo, con los ojos abiertos y sin vida. Me observaba como alguien que se ha extraviado, hace mucho tiempo ya, en un lugar lejano. Por primera vez desde que lo conocía, vi en Santiago algo parecido a la derrota. El niño economista, que de todo sabía y todo lo podía, se había esfumado. Parecía un hombre viejo. Tenía el rostro estrujado, la piel llena de costras de heridas anteriores. Estaba tan delgado que podía ver sus venas sobre el poco músculo que cubría sus huesos. Vestía unos vaqueros andrajosos y una camiseta roja con los ojos del Comandante impresos a la altura del pecho.

—Santiago, ¿no vas a decir nada?

Él se llevó las manos a la frente y se agarró el pelo sucio, lleno de polvo y aceite.

—Adelaida, tengo hambre.

Fui a la cocina y volví con pan de molde, dos o tres rebanadas que quedaban en una bolsa casi vacía, también unas galletas de soda que hallé al fondo de la alacena y tres botes de atún que Aurora Peralta había dejado sobre el microondas. Santiago masticó con fuerza. Pulverizaba las galletas con los molares y sorbía el aceite de girasol del bote de atún. Abrí una lata de cerveza que había en la nevera. Nos supo a gloria.

—Hay unos plátanos, por si quieres. —Solo obtuve por respuesta el sonido de la bola del pan que él empujaba, con esfuerzo, a través de su garganta.

Después de quitarles la piel, engulló de golpe los dos cambures, bebió lo que quedaba de la cerveza y sacó del bolsillo un paquete arrugado de cigarrillos.

—¿Puedo? —preguntó, casi con temor.

—Qué más da. Con el olor a basurero que hay dentro y fuera de esta casa, a mí me da igual.

—¿No fumas?

—Ya no, pero déjame las últimas dos caladas.

Santiago fumó apretando el filtro con la yema del pulgar y el índice. Y solo después de un rato me ofreció el restante. Lo extendió con la mano, mientras expulsaba dos columnas de humo por la nariz.

—Cuando me llevaron a La Tumba, me dejaron metido un mes entero en una celda sin ventanas ni ventilación. Primero estuve solo. Luego trajeron a dos más de la facultad. Cada dos horas venía uno del SEBIN, los tipos de inteligencia militar que sueltan en las marchas para apresar a la gente. El hombre elegía a uno de nosotros y se lo llevaba a empujones por el pasillo. Lo devolvía a la hora, machacado a golpes y con los huevos flojos como una gelatina.

Comencé a inspeccionar mis manos. Me sentía incapaz de mirar su rostro.

—No querían saber si nos conocíamos o si estábamos organizados. Solo nos pegaban. Una y otra vez. Te vamos a matar, mamagüevo, te vamos a violar, vamos a acabar con tu familia, maldito, ¿quién te manda meterte en esto? Al más joven de los tres le metieron un tubo en el culo. A mí, el cañón de un fusil. Lo removían, con gusto. Perdona que no te ahorre los detalles.

No contesté, tampoco hice ningún gesto. Procuré no levantar la mirada. ¿Era yo la primera persona a la que le contaba esto?

—En dos días nos dieron cuatro tandas a cada uno. Luego nos enderezaban un poco y nos hacían fotos con un teléfono móvil y volvían a cerrar la puerta. Se cuidaban siempre de darnos palizas en el cuerpo, pero la cara la dejaban más o menos sin moratones, como para probar que no estábamos tan mal. Supongo que eran esas fotos por las que Ana sabría de mí.

Asentí.

—¿A mi hermana le cobraban por eso?

Volví a asentir

—¿Y qué le garantizaban?

—Que comías.

—¿Solo eso?

—Y una prueba de que estabas vivo.

Volví a callar.

—Dicen cosas terribles de La Tumba.

—Y todas ciertas. Nos quitaban toda la ropa y nos metían en unas salas blancas, las únicas que tenían rejillas. Era su mejor tortura: el aire acondicionado. Bajaban el termostato al mínimo. Nos daba fiebre. Perdíamos la noción de todo: el tiempo, el hambre, la temperatura. Al principio gritábamos, mucho. Comenzamos pidiendo un abogado de oficio y terminamos suplicando agua. Nos traían un vaso con un caldito que a mí me sabía a excusado. Los golpes agotan, deshidratan, secan la boca y la ponen pastosa. Te pegan para agotarte, para quebrarte. El miedo te da lucidez y las palizas te embrutecen. En esa primera semana nos pegaron siempre por separado. La siguiente, nos juntaron a los tres en una misma sala. Nos bajaron los pantalones y nos obligaron a bailar. Luego a tocarnos los huevos los unos a los otros. A esas alturas, ya no éramos del todo conscientes de lo que hacíamos. Que me hablaran de mi hermana era lo peor.

—¿Qué te decían?

—Que sabían dónde vivía. Que la iban a violar. Que la iban a matar. A ella y a Julio. Conocían sus nombres. Me obligaron a suplicar y a pedir perdón, pero daba igual porque al poco volvían a pegarme. Con nosotros llegaron también mujeres. A varias compañeras de Economía las apresaron el mismo día que a mí. Algunas no habían protestado antes. Les advertimos que ir en la vanguardia de una marcha no era lo mismo que ir atrás. Les dio igual.

—¿Les pegaron también?

—Las violaron a todas. Cuando nos llevaban a «la nevera» las escuchábamos gritar. En las otras celdas, las blancas, era imposible enterarnos de nada. Estábamos aislados y sin luz. Comenzamos a perder la razón. Porque de eso se trataba, de que olvidáramos los días en que fuimos personas. Después de un mes nos sacaron de La Tumba y nos llevaron a una oficina. Llegamos con los ojos vendados. Nos pusieron delante un documento sellado en el que nos acusaban de media docena de delitos: rebelión, instigación y asociación a delinquir, incendio y daños, terrorismo... La mayoría de quienes caímos presos ese día no llegamos a usar la violencia. Muchos de los que permanecían encerrados con nuestro grupo ni siquiera estaban en el grueso de la protesta. Los apresaron al salir de la marcha, ya de regreso a sus casas. Esperaron hasta que estuvieron disgregados para que resultara más sencillo llevárselos.

—Santiago, ¿quién los acusaba?

—No sé. Pedimos un fiscal, un abogado, un juez, alguien que estuviera presente cuando nos tomaran declaraciones. Ni hubo respuesta ni apareció nadie. Aquello era un procedimiento sumario de un tribunal militar, nos explicaron. «Eso pasa, ya ven, por meterse en líos», nos dijo un hombre vestido con un uniforme verde. Al día siguiente nos separaron y nos llevaron a cada uno a un sitio distinto. A mí, al penal del Dorado, en el sur. Estuve un mes en esa cárcel. No pensé, jamás, que echaría de menos a los del SEBIN. Ya nadie nos hacía fotos con teléfonos, supongo que habrían conseguido más presos y les bastaba con extorsionar a sus familias. Ya ni para eso les servíamos. ¿Sabes si Ana siguió pagando?

—No estoy segura, Santiago. Cuando mi madre comenzó a agonizar perdí contacto con todos. Me volqué en la clínica y en cuidarla. —Él abrió los ojos de golpe—. Sí, mi madre murió.

—No lo sabía. Bueno, como para saber algo... —Sacó el paquetito andrajoso de cigarrillos, cogió el último y lo dejó sobre la mesa.

—Murió hace un par de semanas.

—¿Quién vive hoy, Adelaida? Desde que todo se fue a la mierda, ¿quién no ha muerto?

Santiago se levantó de la silla.

—¿Adónde vas?

—Al baño. Hace un siglo que no meo.

Miré al techo suplicando respuestas. Tenía que llamar a Ana para decirle que había encontrado a su hermano. ¿Debía? ¿Podía? Pasé las manos por encima de aquella mesa en la que jamás me había sentado a comer y sobre la que mi vida transcurría, de golpe, como una película sin editar. Era mucho mejor que Ana no llegara a saber nada de lo que había ocurrido. De nada serviría. Se habría vuelto loca de la desesperación. No saber era una manera de permanecer a salvo, me repetí para infundirme ánimo e intentar mantener la cabeza fría. Era mi única amiga. No podía ocultarle lo que sabía; tampoco que había encontrado a Santiago.

Me levanté de la silla, dispuesta a coger el teléfono. Cuando escuché a Santiago tirar de la cadena volví a sentarme.


Ana y yo nos hicimos amigas durante el primer año de carrera en la Facultad de Humanidades. Nos cruzamos en el ascensor luego de coincidir en varias materias generales. Ella aprovechó para presentarse y de paso me soltó, como solo ella sabía hacerlo, cuánto le irritaban mis intervenciones en clase. Usaba demasiados adverbios y hablaba como un funcionario público, me reprochó. Ella, como su hermano, obedecía al patrón de los inflexibles, ese tipo de persona que de puñetera termina por hacerse entrañable. Cierto es que, gracias a su influencia, corregí mi manía de añadir adverbios a todo cuanto decía, aunque eso tampoco la exime de haberse comportado como una prepotente.

Un círculo común terminó por juntarnos: los horarios de la universidad, las asignaturas en las que nos matriculábamos... Pero si alguien me preguntara por qué hemos seguido siendo amigas durante tantos años, no podría explicar muy bien la razón. Ocurre lo mismo con las parejas y los matrimonios. No hay mucho donde elegir y si, de paso, la compañía no molesta, bienvenida sea. Las dos éramos parcas y secas como troncos. No nos sentíamos llamadas a renovar la literatura nacional, como la mayoría de los estudiantes de Letras. Nos dedicábamos a la edición profesional. Limpieza y precisión, nada más.

—¿Y tú? —me preguntó un día en el cafetín de la universidad.

—¿Yo qué?

—¿Envías novelas a concursos y esas cosas?

—No me interesa.

—Ni a mí —contestó soltando una pedorreta con la lengua, y estallamos en una carcajada.

Compartimos los primeros empleos como correctoras de estilo en periódicos que dejaron de existir. Vimos cómo las cosas fueron cambiando, cómo las devaluaciones, protestas y disensiones se ahogaban, primero en las alharacas revolucionarias y luego en la violencia sistemática. Vimos los mejores años del Comandante y luego el lento ascenso de sus sucesores; conocimos las primeras versiones de los Hijos de la Revolución y los Motorizados de la Patria. Vimos cómo el país se transformaba en un esperpento. Después vino el pegamento de los asuntos personales. La vida nos fue juntando en circunstancias parecidas, hasta completar casi diez o doce años de amistad. Conozco a Ana lo suficiente para afirmar algunas cosas. Solo dos asuntos le quitaban el sueño: su madre, que tras quedar viuda comenzó a manifestar brotes de alzhéimer, y Santiago, su único hermano, diez años menor que ella.

El recuerdo más nítido que guardo de Santiago proviene de la boda de Ana y Julio. Él tenía quince años. Se paseaba por la iglesia con una mezcla de suficiencia y desgana. Era de los mejores estudiantes de su colegio, el instituto más caro de la ciudad. Ana pagaba una mensualidad escandalosa por el bachillerato de su hermano; lo hacía poseída por un extraño sentido de la apuesta, como si aquel dinero aportara monedas a una hucha invisible. «Es inteligentísimo», decía a cada rato. Sí, lo era, además de soberbio. Ella había colaborado, y bastante, para que así fuese. Quedó entre los diez primeros en el examen de admisión de la universidad. Cursó al mismo tiempo Economía y Contaduría. Si el país no se hubiese suicidado, aquel chico probablemente habría terminado dirigiendo el Banco Central, decía su hermana. No le dio tiempo. Lo apresaron antes.

Santiago volvió del baño, limpiándose las manos sobre los vaqueros. Se sentó frente a mí, cogió el cigarrillo que había sacado del paquete y comenzó a enderezarlo.

—Un día apareció en El Dorado un comando del colectivo Herederos de la Lucha Armada. A los estudiantes presos nos congregaron en el patio. Cuando ya estábamos deshidratados y carbonizados por el sol, llegaron ocho sujetos con pasamontañas y con una bolsa llena de camisetas y máscaras como esta. —Señaló el antifaz de esqueleto sobre la mesa—. Si queríamos salir de ahí, teníamos que acompañarlos. A nadie se le ocurrió preguntar adónde, cualquier sitio era preferible a ese lugar.

—No pensé que estuvieras entre los estudiantes de las cárceles comunes.

—Lo hacían con todos. Enviarte a El Dorado era una forma de desprenderse de gente que ya no les daba dinero. Nos mandaban a morir, ¿entiendes? Si querías vivir, no podías cerrar los ojos jamás: el que no quería matarte quería violarte. Llevaban chuzos de metal oxidado que se vendían a precio de oro entre los recién llegados. Atacar o defender eran dos cosas a las que teníamos que estar dispuestos.

Intenté interrumpirlo.

—Adelaida, déjame hablar. —Cogió el mechero y encendió el cigarrillo—. El que no ha nacido ahí dentro, el que no ha crecido aprendiendo a degollar para vivir, no sale de una pieza. Era el caso de todos los que estábamos en ese patio —dijo expulsando otra gruesa columna de humo—. No lo pensé dos veces y pedí irme con el grupo que salía aquel mismo día. Nunca nos devolvieron nuestros documentos. Se los dieron directamente a los del comando. Fueron llamándonos uno a uno. Cotejaron nuestro aspecto con las cédulas de identidad y nos asignaron un número. A mí me tocó el veinticinco. Me gustaba, es la edad que voy a cumplir el año próximo.

Me quedé callada. Desde hacía un tiempo, prefería no pensar en el futuro.

—¿Qué te pasa? ¿Crees que no voy a llegar?

—No me atribuyas cosas que no he dicho.

Se hizo un silencio incómodo. Duró unos segundos, hasta que Santiago continuó su relato.

—Nos subieron a un autobús de una alcaldía fronteriza. Viajamos una noche entera, con los ojos vendados y las muñecas atadas con alambres. Dábamos tumbos sobre los asientos. A pesar de eso, dormí. No lo había hecho en semanas.

—¿Adónde los llevaron?

—Cuando nos bajaron del bus y nos quitaron la venda de los ojos, vi un paisaje de selva montañosa. Al comienzo pensé que estábamos al sur, Bolívar o Amazonas. Por las conversaciones entre los jefes, entendí que estábamos en la cordillera central, entre Caracas y Guarenas. Durante quince días nos retuvieron ahí. Todo era precario y no podíamos hablar con nadie. Nos enseñaron cosas básicas. A pegar. A disparar. Nos explicaron, a grandes rasgos, las normas del colectivo, entre ellas la estructura de mando, para que no obedeciéramos a los de otras células cuando nos las cruzáramos. Una vez que aprendimos lo esencial, el sujeto de la arenga del penal, que aparecía muy de vez en cuando, nos volvió a congregar. Al que desertara o se le fuera la lengua, lo rajaban. Para que nos quedara claro, puso como ejemplo a un chico que había intentado escapar de la última acción armada. Lo llamó chasqueando los dedos. El muchacho avanzó dando tumbos. Lo cogió por los cabellos y lo arrodilló, en medio del patio, ante nosotros. El infeliz lloraba, le suplicaba que no lo matara y se revolvía en el suelo, con las manos sujetas con mecates. El tipo lo levantó tirándolo del pelo, otra vez. Sacó un cuchillo que exhibió con lentitud, paseándolo ante la mirada de los demás. Luego lo degolló. «Esto es lo que le va a pasar a quien se le ocurra escapar o delatar una acción armada.»

—¿Una acción armada es lo que hacen todas las noches?

—Llaman así a cualquier cosa: un saqueo, la disolución de una manifestación, una invasión organizada. Necesitan gente para esas cosas. Por eso nos reclutaron. Nosotros no actuamos para el Gobierno, sino amparados por él. Lo que conseguimos va a parar a manos de los jefes, una mezcla de delincuentes, militares y guerrilleros. Esta gente es de cierto nivel si los comparas con los de La Tumba.

La conversación de Santiago se apagó de a poco.

—Ahora podrás entender qué hacía hoy con esta máscara, ¿verdad?

Reparó en el cigarrillo consumido y me miró.

—No te he dejado nada esta vez, lo siento —dijo esbozando una sonrisa estropeada. Volvió a atusarse el pelo y levantó los ojos—. ¿Seguro que no te queda más cerveza?

Negué con la cabeza. Las heridas me escocían de nuevo.

—Entonces ya sé que voy a hacer ahora mismo.

—¿Qué?

—Dormir.

Aurora Peralta Teijeiro. Fecha de nacimiento: 15 de mayo de 1972. Hora: tres y media de la tarde. Lugar: Hospital de la Princesa, distrito Salamanca, provincia de Madrid. Padre: Fabián Peralta Veiga, natural de Lugo, Galicia. Madre: Julia Peralta Teijeiro, natural de Lugo, Galicia. Nacionalidad: española. Motivo de la solicitud: tramitación de pasaporte y Documento Nacional de Identidad del Reino de España. Junto con la copia literal del registro, venía una carta firmada por la oficina consular de la ciudad, una lista de recaudos, un volante con la fecha asignada para el trámite y un teléfono de consulta. Quedaban todavía dos semanas para la cita. La fecha coincidía con el día en que se cumplía un mes de la muerte de mi madre, el 5 de mayo.

Cogí una toalla limpia y una manta. Las dejé sobre la mesa del comedor. Volví a la habitación principal y cerré la puerta con pestillo. Encontré una carpeta roja de anillos en la primera gaveta de la cómoda. En su interior encontré otra partida de nacimiento de Julia, la madre de Aurora. Había nacido en Viveiro, un pueblo de la costa de Lugo, en julio de 1954. El original y la copia del documento iban junto a la partida de defunción, emitida en Caracas.

La muerte de Julia Peralta ocurrió justo antes de mi primer viaje con Francisco a la frontera. No hice demasiados, pero el primero fue un encargo del periódico para el que trabajaba entonces. Me contrataron como correctora de pruebas. Con el tiempo terminé haciendo muchas cosas más. Igual bajaba a fotolitos a corregir un pie de foto o rehacía un teletipo como llamaba por teléfono para contrastar datos que los redactores no tenían tiempo de comprobar. No había nadie capaz de resolver tantos asuntos por tan poco dinero. Yo había editado casi todos los reportajes de Francisco, el periodista de política que más exclusivas había dado sobre las actividades de la guerrilla colombiana. A los jefes les pareció que la persona ideal para acompañarlo en ese viaje era yo, quién si no. Debía permanecer en la frontera el tiempo que durara la operación que Francisco iba a cubrir. Aunque pregunté, mis jefes no me dieron más detalles, solo me apremiaron para que contestara cuanto antes. Acepté.

Cuando llegué a casa para hacer el equipaje, encontré a mi madre alistándose para ir al funeral de Julia Peralta.

—¿Cómo que te vas a la frontera? ¿Estás loca? Esa zona es candela. ¿No vas a acompañarme a dar el pésame a Aurora por la muerte de Julia?

—Mamá, no puedo. Por favor, dáselo en mi nombre.

Mi madre estaba vestida de negro. Nunca usaba ese color, la hacía parecer de pueblo. Lo era, claro, pero el luto volvía a recordárselo. Se le pegaba a la piel, como si viniera en sus genes y se manifestara de golpe.

—Quítate eso al volver, mamá —le dije antes de marcharme.

Ella se quedó de pie, en la sala, mirándose el vestido, como si secretamente me diera la razón. Su rostro seco y sin gesto me pareció una isla de tristeza. Me arrepentí de haber dicho esa frase. Le di un beso en la mejilla y salí de casa.

Llegué inquieta. Francisco esperaba en la cafetería del Portu, un local junto al periódico donde recalaban todos los reporteros y que regentaba un hombre de bigote oscuro nacido en Funchal. Excepto a los jefes, uno podía encontrar ahí a cualquier periodista.

Francisco llegó antes. Bebía sin ganas un café solo. Hablamos poco. Él no parecía tener mucha idea de qué pintaba yo en ese viaje, y yo sentía aprensión por sus aires de reportero estrella. Me intimidaba. Pero ahí estábamos los dos, haciendo tiempo y evitándonos la fastidiosa costumbre que tienen los desconocidos de darse conversación cuando lo que quieren es que los dejen en paz.

El reportaje que nos puso en marcha hacia el otro extremo del país era de cuidado: el secuestro de un prominente empresario de la élite nacional —cuando existía tal cosa— a manos de la guerrilla. La liberación se realizaría en la zona del Meta, a cien kilómetros de la frontera. La familia había llevado adelante las negociaciones por su cuenta, con la mínima intervención del régimen del Comandante Presidente, que ya entonces había estrechado lazos con las fuerzas de liberación colombianas, a las que había facilitado un corredor de impunidad a cambio de lealtad y cooperación armada, además de algunas regalías sobre los cargamentos de droga que el régimen les permitía pasar por el cauce del Orinoco rumbo a Europa.

Francisco tenía garantizado un salvoconducto que le permitiría acompañar a los enlaces militares que participarían en la liberación. Mi trabajo consistía en quedarme al otro lado de la frontera, preparada para resolver cualquier contingencia: desde conseguir dinero en efectivo o vales de gasolina para canjearlos en los puestos de la Guardia Nacional hasta encargarme del escáner y el portátil de repuesto para enviar las fotos y la crónica en cuanto estuviesen listas.

—¿Has estado en la frontera alguna vez?

—No.

—Ya...

—¿Ya qué?

—Procura no hacerte notar. No hables demasiado con la gente y, lo más importante, ni se te ocurra decir a qué has venido ni para qué.

—Gracias por advertirme que no conviene hablar con desconocidos. Hasta este viaje no me lo había planteado.

—Me lo agradecerás —dijo alzando la ceja.

—Seguro.

Pedí un café solo.

—Que sea para llevar.

—No, lo quiero en taza.

Antonio el portugués puso cara de circunstancias.

—No pidas ni pienses por mí, te lo agradecería.

—Como quieras, pero apúrate. Tenemos que salir antes de las once. Te espero fuera.

Viajamos por tierra durante ocho horas hasta llegar al pueblo más cercano a la frontera con Colombia. Francisco habló pocas veces. La primera para preguntarme en qué periódicos había trabajado antes. La segunda para decir que, como yo, él tampoco había estudiado Periodismo. Y la tercera para explicar por qué los mejores periodistas nunca pisaron una facultad. No me había equivocado: era un mamón.

Pasé dos semanas fuera de la ciudad. En ese tiempo descubrí que la realidad siempre arruina las certezas. Lo comprobé por dos cosas: porque el Gobierno demostró una capacidad de sabotaje superior a la que esperábamos y porque Francisco no era del todo imbécil. Lo primero podía haber sido previsible; lo segundo, no. Seguramente los habría más serenos y fríos. Mejores fotógrafos, quizá. Pero yo hasta entonces no me había topado con un ser como Francisco. Él lo hacía todo: las fotografías y las crónicas. Estaba siempre al límite. Contaba las cosas con precisión y antes que los demás.

Cuando nos despedimos en el pueblo, a treinta kilómetros de Colombia, desde el que yo debía coordinar el resto del viaje, Francisco me pidió prestado el libro que había estado leyendo durante todo el camino.

—La poesía no se lee del tirón, así que llévatela —le dije.

Me dio las gracias y se marchó.

Hablábamos por teléfono a diario. Él dictaba su crónica y yo la transcribía. De las catorce que mandó retitulé todas, lo que aumentó las llamadas. Unas eran para abroncarme y otras para organizar la sesión del día siguiente.

—Te llamaré sobre las cinco y, por favor, pregúntame antes de cambiar el titular. Si son demasiado largos, haz el favor de consultar.

—Todos caben perfectamente.

—Y entonces ¿por qué los rehaces?

—Son confusos. Si hubieses leído a Gil de Biedma, el libro que te presté, habrías comprendido la importancia de la precisión.

Después de diez días atrincherado en un campamento en Villavicencio, Francisco seguía sin tener del todo claras las intenciones del Comandante Presidente en la operación de rescate. Dábamos por cierta la buena fe del Gobierno, pero algo no marchaba bien. La fecha de liberación se retrasó quince días. Luego dos más, y así hasta completar un mes sin tener noticias. El país se paralizó. Todos esperaban el regreso con vida del heredero de una de las más importantes fortunas criollas.

Dimos por sentado que todo estaría listo para que, una vez en libertad, los jerarcas de la Revolución pudieran sacar pecho por la intermediación, pero el final no fue el esperado. A Francisco le tocó escribir y retratar el reverso de su gran exclusiva. Lo hizo con rigor y despojado de toda emoción.

La suya fue la única fotografía del bulto sin vida del empresario secuestrado, que los guerrilleros dejaron tirado a dos kilómetros del puesto fronterizo, envuelto en un saco de yute manchado de sangre seca. Llevaba días muerto. A la familia la hicieron viajar hasta allí para recoger un cadáver después de pagar cuatro millones de dólares que fueron a parar a la hucha de las Fuerzas Marxistas de Liberación Nacional.

Al día siguiente de nuestro regreso a Caracas me presenté en el departamento de Fotografía del periódico con una selección de los diarios de Gil de Biedma.

—Considéralo una disculpa por cambiar los titulares —dije.

—No tienes por qué. Quedaron mejor, bastante mejor. No te lo dije en su momento, pero ahora puedo.

Dos semanas más tarde, Francisco apareció ante mi escritorio.

—Viajaré al Meta la próxima semana y quiero que vengas conmigo.

—¿Será tan largo como la vez anterior?

—No. Apenas cinco días. No hace falta llevar tantos escáneres ni transmitir a diario, pero me sentiría más cómodo si vinieses.

—¿Estás seguro?

—Tan seguro como de que no voy a mandar titulares de mierda. El jefe de Nacional me ha dicho que no habría ningún problema, aunque aclaró que me estaba llevando a su mejor editora...

—Ya...

—Bueno, tampoco te des el pistón. Si no quieres, no hay problema. Buscamos a otra persona.

—¿Cuándo sales?

—El martes que viene. Volveríamos el sábado.

—Está bien. Ahí estaré.

—¿Sería mucho pedirte...?

—¿Qué cosa?

—Que trajeras más libros para leer en el viaje.

—Siempre llevo libros de más. Alguno con dibujos encontraré para ti.

Francisco sonrió. Fue la primera vez que lo vi hacerlo. Él tenía cuarenta y seis y yo casi treinta. Duramos juntos tres años, el mismo tiempo que a él le quedaba de vida.

Examiné el certificado de defunción de Julia Peralta como si fuera un retrato de grupo hecho a la fuerza en el que cabíamos todos, apretados y sin sonrisa ante los focos de una única verdad: la gente la palma, enferma o la matan. Coloca el pie en el lugar equivocado. Vuela por los aires o resbala por una escalinata. La gente muere, por su culpa o a manos de otro. Pero muere. Y eso es lo único que importa.

El año en que Julia Peralta dejó este mundo, yo descubrí a la única persona que había pasado por mi vida como si fuese a permanecer en ella para siempre.

Yo, que ya había sido viuda a los diez años, volví a serlo a los veintinueve, una semana antes de casarme con Francisco Salazar Solano, el reportero al que un grupo de guerrilleros encontró para cobrarle a plomo la fotografía con la que había ganado el Premio Iberoamericano de Libertad de Prensa: el retrato de cómo habían dejado a su informante tras descubrir que había sido él quien filtró los datos de cómo el Gobierno del Comandante Presidente dio la orden de matar al empresario cuya supuesta liberación intentaba conseguir desde hacía meses. Como a aquel infeliz, a Francisco también le hicieron la corbata, esa forma de matar que aplicaban los guerrilleros a los chivatos: abrieron su garganta en canal y le sacaron la lengua por la herida.

Cuando conoció a Francisco, mi madre lo examinó de pies a cabeza. Lo salvaba, decía ella, ser alto. Y lo era. Medía casi dos metros, distribuidos en un cuerpo geométrico y pesado. La primera vez que hicimos el amor, pensé que me había roto una costilla. No fue así, pero casi. A mi madre no le gustaba. De él me lo reprochó todo: su barba mal afeitada, los quince años que nos llevábamos y los dos hijos que él arrastraba de un matrimonio anterior.

—Tú eres adulta, sabrás lo que haces —me contestó cuando le dije que me iría a vivir con él—. ¿Te vas a su casa? Porque es su casa, no la tuya. Los hijos no son tuyos, son los de él. No te vayas a poner como el cucarachero, que cría hijos que no son suyos.

Nunca se lo dije ni ella lo preguntó. Ya lo sabía. Por Francisco yo habría llegado hasta el fin del mundo. Así como acudían los soldados a las trincheras, embrutecidos por el anís, que es como debe saber el enamoramiento cuando resulta excesivo. Si tuviera que elegir una de las fronteras que cruzamos, me quedaría con la de su piel. Francisco me fotografiaba con la palma de la mano y la yema de sus dedos. Sin palabras era como mejor nos amábamos. No me concedió ninguna, ni siquiera para decir adiós.

Recibí la noticia de su ejecución dos días más tarde, cuando saltó en las agencias el teletipo de su asesinato. «El Premio de Periodismo Iberoamericano de Libertad de Prensa, Francisco Salazar Solano, acribillado y degollado en la orilla del Meta, a pocos kilómetros de Puerto Carreño, muy cerca del Amazonas.»

Una laguna Estigia del asco.

Lo delató una de sus fuentes. No el informante al que habían descubierto como soplón, sino otro más inocente. El chico que lo había llevado al descampado donde hizo su mejor fotografía, la del soplón al que Francisco fotografió tal y como lo habían dejado sus verdugos: con la cabeza cortada sujeta entre las manos y los testículos y el pene apretujados en la boca. Así mataban a los chivatos en la frontera. Gente convertida en res que alguien más ofrecería como noticia al día siguiente en el mostrador de los periódicos. El decimoprimer mandamiento cincelado en la tablilla de piedra o en el hueso de un cuello roto: no hablarás. Así llegó también Francisco al cementerio, con una corbata distinta de la que no le dio tiempo de vestir en nuestra boda.

Mamá me acompañó al funeral. Lo hizo en silencio. Y así, en silencio, volvimos a casa. Amábamos a gente muerta. Días después apareció un testigo de lo que ocurrió en el Meta. Otro niño. Los usaban como mensajeros. El chico se presentó en el puesto de la comandancia nacional, buscando al capitán encargado. Y allí, ante los fiscales militares, relató los pasajes inconexos de la matanza que le habían ordenado contar. Enviaban a alguien que no era capaz de entender nada de lo que había visto para que llegara en su voz blanca la mancha oscura de la muerte.

En la carpeta roja de anillos, separados por una cartulina y envueltos en varias fundas transparentes, encontré también los papeles de tres cuentas bancarias, dos en el país y una en España. Los resguardos y movimientos de cada una daban una idea bastante clara de adónde había ido a parar la herencia que su madre dejó a Aurora Peralta. En las cuentas nacionales apenas había suficiente para vivir un mes. En la española, los números distaban de ser modestos: un total de cuarenta mil euros.

Rebusqué a conciencia, rastreando claves, extractos y libretas. Las encontré en un sobre beis precintado. Aurora Peralta imprimía los movimientos de sus cuentas, folios descargados de internet que ella subrayaba con resaltador fluorescente y archivaba en orden cronológico. Comprobé cómo todos los meses el Estado español ingresaba ochocientos euros por concepto de jubilación, más otros cuatrocientos por una minusvalía. Ambos a nombre de Julia Peralta. ¿Minusvalía? ¿Cuál? ¿Y por qué? Nunca me pareció advertir en ella alguna malformación evidente. Revisé cada gaveta buscando algo más. Estaba convencida de que Aurora Peralta guardaba euros en efectivo. Ya nada se podía pagar en bolívares. Hasta el hampa común exigía los pagos de los secuestros en moneda extranjera. En algún lugar de aquella casa debían de estar, pero ¿dónde?

En el estante superior del armario, detrás de una caja con un pesebre y adornos navideños, encontré una caja de madera cubierta con un pesado álbum de laca y otro algo más pequeño, lleno recortes de prensa: noticias de un atentado ocurrido años atrás y varias esquelas a nombre de Fabián Peralta Veiga, su padre, del que también conservaba la partida de nacimiento, emitida en el registro civil de Viveiro, en marzo de 1948. Guardado en otra funda de plástico había un libro de familia. Julia y Fabián Peralta se casaron en Lugo en junio de 1971, en Viveiro, el pueblo donde nacieron ambos. Duraron casados apenas dos años: el certificado de la muerte de Fabián Peralta está fechado el 20 de diciembre de 1973.

Todos los recortes de prensa incluidos en el álbum recogían la misma noticia, publicada el 21 de diciembre de 1973: la explosión de un Dodge 3700 GT de casi mil ochocientos kilos de peso en el que viajaba Luis Carrero Blanco, presidente del Gobierno de España. Una bomba lo había hecho estallar por los aires en Madrid. El obrador en el que trabajaba Fabián Peralta, próximo a la iglesia de San Jorge donde acudía el militar a escuchar misa, recibió la onda expansiva de la carga de explosivos. A Fabián Peralta lo mató el coletazo de la bomba con la que ETA asesinó al político designado por Franco para ocupar el despacho de la nación. La referencia a su muerte aparecía publicada, de forma marginal, en una nota que encabezaba la hemeroteca seguida de tres esquelas. Por eso Julia conservó siempre esa apariencia oscura de viuda a tiempo completo, un aire que su hija Aurora Peralta heredó sin esfuerzo. La muerte de Fabián Peralta las hizo viejas de golpe y para toda la vida.

Julia llevaba siempre aquellos vestidos a la altura de la rodilla. Prendas severas que la hacían lucir mayor y realzaban sus piernas gruesas sin tobillos. Su hija absorbió esa estética. Si de niña parecía una criatura borrosa, de mayor tampoco consiguió acumular mayores atributos. Era alguien que daba la impresión de habitar una frontera perpetua: ni criolla ni española, ni bonita ni fea, ni joven ni vieja. Destinada al lugar al que van a parar los que no pertenecen a ninguna parte. Aurora Peralta sufría la maldición de quienes nacen muy pronto en un lugar y llegan demasiado tarde al siguiente.

En el álbum de laca negra había varias fotografías. La primera pertenecía a la boda de Fabián y Julia, una celebración austera. Ambos aparecen retratados en el altar de una iglesia llena de cristaleras y luego ante una mesa donde los comensales alzan sus copas sonriendo. En otra, el vestido de novia de Julia Peralta, que era modesto: un modelo sin escote, de mangas tres cuartos y dos largas pinzas rematadas en un faldón pesado y con aspecto de mantel. Fabián vestía un traje de oficinista con una corbata oscura anudada con fuerza en un pescuezo de pollo. Ninguno de los dos ríe, ni siquiera miran a la cámara.

A esas seguían otras instantáneas, casi todas acompañadas por pies de fotos manuscritos. «Viaje de novios, Portugal, 1971.» «Cumpleaños Fabián, Madrid. Agosto de 1971.» En una de la joven pareja, de pie ante un juego de comedor, Julia lleva un vestido que realza la tripa incipiente. «Navidad, 1971.» Otra muestra un grupo de personas ante una mesa llena de platos. «Cena de Nochevieja con Fabián, Paquita, Julia y los abuelos. Navidad de 1971.»

A juzgar por las fotografías, los Peralta viajaban poco a Lugo. Hay pocas instantáneas de Viveiro. Una tiene fecha de febrero de 1972; en ella aparece Fabián, sonriente ante una cazuela de almejas. Quedan dos fotografías de esos primeros años. Fabián y Julia Peralta, vestidos con mayor elegancia de la habitual. Él aparece muy erguido, con un brazo sobre el hombro de su mujer, que sostiene a un bebé. Una breve explicación apunta: «Primer mes de Aurora. Junio de 1972». Justo debajo, en la misma fecha, ellos tres, a las afueras de la iglesia de San Jorge. «Bautizo de Aurora, Madrid, junio de 1972.» Hay una más ante el pórtico de la misma iglesia. La pequeña va en brazos de una mujer rubia. Un personaje que resalta por cierta belleza ausente en el resto de las fotos. «Aurora y Paquita», decía la leyenda escrita con letra cursiva y esmerada.

Tres fotografías se corresponden con el verano de ese año en Viveiro: una de Aurora y su padre en una playa; otra en la que Fabián sostiene entre las manos una fuente de parrochas en medio de una verbena, y una en la que aparece, de nuevo, la mujer rubia, Paquita. Esta vez viste de novia y sonríe cogida de la mano de un hombre sin demasiados atributos. Es la única de esas tres imágenes que tiene pie de foto: «Enlace de Paquita y José. Verano de 1972». Hay un par más de los «Primeros pasos de Aurora» y otra de su padre tendido en el césped de un jardín: «Fabián y Paquita en Guadarrama».

Algo cambia de golpe. Las imágenes del año 1973 muestran todas la misma composición, sin Fabián: Julia Peralta casi siem pre vestida de negro con Aurora en brazos. Hay varias más. Una de personas congregadas alrededor de fuentes a medio probar y en la que todos sonríen menos Julia. «Madrid, 1974.» La presencia de Paquita se repite en casi todas las fotos de grupo de ese tiempo. Supuse que sería la hermana de alguno de los dos. En una aparece vestida con un traje regional y una niña pequeña en brazos. «Paquita y María José, 1978.» De esa época hay también una foto de Julia Peralta. Chirría con respecto al resto. Tiene un tono severo que sobresale en el álbum. Viste de camarera, con una falda color gris y un delantal blanco almidonado. Lleva el pelo recogido en un moño rematado con una cofia. Junto a ella, un grupo de siete mujeres vestidas de la misma forma. «Bienvenida a los nuevos empleados del Hotel Palace, Madrid, 1974.»

Una cartulina en blanco descrita apenas con una fecha separa el resto las fotografías que corresponden al capítulo Venezuela. En ellas se ve a Julia Peralta, algo más rellena y sin luto, de pie entre la vieja arboleda del parque de las Acacias. Hay tres más en el parque Los Caobos. Otra ante la estatua de La India, en El Paraíso, y una en la moderna estructura metálica de Alejandro Otero de la plaza Venezuela, una escultura de la que hoy no queda ni una sola lámina: las robaron todas. Y otra más: Julia Peralta de pie ante una paella de dimensiones exageradas. La madre de Aurora luce sonriente, el primer gesto genuino de todos los retratos suyos que revisé. Sostiene con la mano derecha una enorme cuchara de madera. La acompaña Betancourt, presidente de la República entre 1960 y 1964, uno de los padres fundadores de la democracia. Debajo de la foto, una línea redactada a mano explica: «En el cumpleaños de don Rómulo. Caracas, 1980». Muchas otras instantáneas estaban incluidas en ese álbum.

En una de ellas, Julia y su hija posan a las puertas de la iglesia de La Florida, en 1980. El final del álbum lo ocupan, sujetas con cuatro foto-esquinas de cartón, algunas postales firmadas por Paquita, que no paró de enviarlas hasta el año de la muerte de Julia.

Había removido cajones buscando dinero y terminé por descubrir la biografía ignorada de esas mujeres con las que viví, pared con pared, durante años.

Dentro de la caja de madera que aún no había revisado encontré un sobre con cartas. Casi todas estaban escritas en papel cebolla y se repartían entre los años 1974 y 1976. Las firmaba Julia e iban dirigidas a Paquita. En la primera, informa sobre el viaje a Caracas desde Madrid, en otoño de 1974, y la llegada a un país que parece inverosímil ante sus ojos. «Las cucarachas pesan medio kilo. Vivimos en una zona de muchos árboles. Hay guacamayas y loros, que todas las mañanas vienen a comer al balcón de la casa donde nos hemos instalado por un precio razonable.» Además de sus notas domésticas, casi todas relacionadas con asuntos cotidianos, Julia dedicaba algunas más enjundiosas a dar cuenta de ese país donde el sol brillaba todo el año y la gente conseguía trabajo. En la Venezuela de los años cincuenta, los europeos emigrados todavía conseguían trabajo.

Las descripciones de Julia se prodigan en detalles como el color y el olor de las frutas, el ancho de las calles y las autovías. «Las casas aquí son más grandes que en España y todo el mundo tiene electrodomésticos. He comprado una licuadora. Con ella he preparado litros de gazpacho que guardamos en la nevera para tomar en el almuerzo, que es como llaman aquí a la comida.» Esa es una de las cosas que más repite Julia Peralta: cuántos artefactos y cosas hay para comprar, las mismas que mi madre revisaba en el catálogo de electrodomésticos de Sears, aquellas enormes galerías a las acudíamos los sábados en la tarde, después de tomar un helado en la heladería de Crema Paraíso de Bello Monte.

En la siguiente carta, un mes después de su llegada a la ciudad, en diciembre de 1974, Julia informa a Paquita que ha entrado en contacto con las monjas de una residencia universitaria «para señoritas» de la urbanización El Paraíso y que habían aceptado la carta de recomendación del jefe de cocina del Palace. «La madre Justa es tal y como me comentaste. Muy amable y piadosa. No ha perdido para nada el acento gallego después de diez años y me ha dicho que, si me parece conveniente, puedo encargarme de la cocina de las internas.»

Cuando me disponía a leer la siguiente carta, oí el escándalo de la Mariscala y sus criaturas. Cerraron la puerta de golpe y al poco encendieron sus altavoces con el perpetuo reguetón de los días anteriores. «Tu-tu-tu-tumba-la casa mami, pero que tu-tumba-la casa mami». ¿Cómo alguien podía haber compuesto una armonía pachangosa a partir de la palabra «tumba»? «Tu-tumba.» Pegué el oído a la pared; me pareció que había más personas. Las voces de aquellas mujeres se multiplicaban y retumbaban por encima del soniquete de la música. Devolví la caja y los álbumes a su sitio original, intentando dejarlos en el mismo orden, un gesto que ahora se me antoja absurdo. ¿Quién iba a confirmar y constatar que todo estuviese intacto? Actuaba como si Aurora y Julia fueran a regresar en cualquier momento para exigir lo que les pertenecía.

Busqué un escondite convincente para la carpeta roja de anillos. El solo anuncio de la presencia de la Mariscala y su tropa parecía otorgarles un poder que en realidad no tenían. Mi miedo les atribuía el don de atravesar los muros y ver a través de ellos todo cuanto yo hacía o dejaba de hacer. Estaba aterrada. Bajo mi techo dormía un chico de quien no sabía nada. Santiago podía ser cualquier cosa: un mártir, un asesino, un chivato. En aquella habitación ajena me descubrí completamente sola. Tenía que hacer algo, y tenía que hacerlo rápido. Repasé las paredes color hueso y clavé los ojos en una reproducción en tela de *La Inmaculada* de Murillo, la misma que tenían mis tías en la habitación principal de la pensión Falcón. Me acerqué y la descolgué. Al darle la vuelta cayó a mis pies un sobre precintado con celo. Estaba lleno de billetes de veinte y cincuenta euros.

En La Encrucijada, entre Turmero y Palo Negro, se alzaba un tanque de metal herrumbroso estampado con tres letras: P.A.N., el acrónimo de Productos Alimenticios Nacionales, la marca que creó la primera corporación cervecera venezolana para identificar la harina de maíz precocida, un producto que durante décadas dio de comer al país gracias a las arepas, hallacas, cachapas, hallaquitas y bollos que se preparaban con aquella mezcla, y cuyo grano se almacenaba en el depósito de Remavenca, una fábrica que se dejaba ver cuando aún faltaban unos doscientos kilómetros para llegar a Ocumare de la Costa. Aquella planta había sido el granero de Aragua, la provincia donde nació mi madre y cuyo producto más importante, además del ron y la caña de azúcar, era aquella harina, que se comercializaba en unos paquetes amarillos ilustrados con la estampa de una mujer de bemba roja, aretes gigantes y un pañuelo de lunares en la cabeza. Una versión criolla y campesina, por no decir hiperbólica, de Carmen Miranda, la actriz a la que el *south american way* llevó a los estudios de la 20th Century Fox y también a la mesa de todos los hogares venezolanos.

Al menos hasta la segunda oleada de hambruna y escasez propiciada por los Hijos de la Revolución, cuando desapareció por completo hasta convertirse en objeto de lujo, la harina P.A.N. nutrió los estómagos de miles de hombres y mujeres. La verdadera democracia anidaba en aquel maíz industrial. El mantuano y el que nada tenía se alimentaban por igual de ese almidón con el que se habían horneado nuestros recuerdos.

El invento nació del lúpulo con el que un cervecero alemán regó los tormentos de un país que alternaba la borrachera con la guerra y que abolió a las piloneras, las mujeres que molían el maíz dando golpes con un palo contra un grueso pilón de madera hecho de un árbol que presidía los patios soleados de las haciendas y plantaciones. De ese oficio nacieron los cantos del pilón, un rezo de sudor y mazazo, una melodía que acompañaba la molienda bruta y sabrosa. Mujeres infelices que pulverizaban, a golpes, la cáscara del grano de donde provenía la harina con la que se cocinaba en hornos de leña el pan pobre de un país que aún sufría paludismo. Desde entonces, esa música quedó como una percusión del corazón.

Casi siempre pilaban juntas dos mujeres que conversaban rítmicamente. De ahí nacieron aquellas canciones que parecían confirmar una verdad: la tragedia nos vino dada, como el sol y los árboles preñados de frutas dulces y pesadas. De esas cosas hablaban los cantos del pilón, de las cuitas e historias de mujeres incultas que hacían estallar sus penas contra un mortero de madera y de las que aún se conservaban las letras de sus canciones, que venían a mi mente al pasar por La Encrucijada.

—Adelaida, hija, despiértate. Ya estamos llegando a la fábrica de Remavenca.

Ni falta hacía que mi madre me avisara, ya mi corazón había detectado aquel olor potente a cebada y alimento. Ese aroma a cerveza y pan me hacía feliz. Entonces comenzaba a cantar los versos que había aprendido de la boca de las viejas de Ocumare.

—«Dale duro a ese pilón..., io, io».

—«Que se acabe de romper» —contestaba mi mamá, en voz muy baja.

—«Puta tú y puta tu mai...»

—Esa parte no, Adelaida. ¡No repitas eso!

—«Puta tu abuela y tu tía, io, io...» —decía yo riéndome.

—No, hija. Canta el que te enseñó la tía Amelia: «Ya me duele la cabeza, io, io, de tanto darle al pilón, io, io, para engordá un cochino y comprá un camisón, io, io...».

Las negras del pueblo entonaban aquellos versos mientras daban forma a las arepas con sus manos ante el budare hirviente del mercado. Cada frase iba rematada por un jadeo monocorde, «io, io», el quejido del esfuerzo.

*Allá arriba en aquel cerro,*
*io, io,*
*va un matrimonio civil,*
*io, io,*
*se casó la bemba 'e burro con el pescuezo 'e violín,*
*io, io.*
*Si por tu marido es,*

*io, io,*
*cógelo que allá se te va,*
*io, io,*
*un camisón de cretona no me lo ha llegao a da,*
*io, io.*

Cantaban con la cabeza envuelta en paños y echando la humareda de sus tabacos. Expulsaban, como un lamento, el linaje de hembras a quienes el mundo solo dio brazos para alimentar a la prole que manaba de la entrepierna, siempre rota de tanto parir. Mujeres rocosas, con corazón de pan duro y la piel curtida gracias al sol y la candela de los fogones y las planchas. Hembras que rociaban las arepitas con el anís dulce de sus tristezas.

*Allá va la cara 'e diablo,*
*io, io,*
*de corazón 'e demonio,*
*io, io,*
*que tiene la lengua negra 'e levantar testimonio,*
*io, io.*
*Yo no quiero hombre casao,*
*io, io,*
*porque hiede a matadura,*
*io, io,*
*yo lo quiero solterito que huele a piña madura.*

Había cantos para todos los oficios, prácticas extintas de los campesinos que se mudaron a la ciudad con la llamada del petróleo dejando a su paso las melodías del trabajo que entonces los situaba en el mundo: el ordeño, el riego, la molienda, la plancha. De los más tristes, el canto del trapiche, donde se exprimía la caña de azúcar, un palo seco y dulce que caía de los camiones que venían desde los valles de Aragua hasta Ocumare, y que yo chupaba, escondida bajo la mesa del comedor de la pensión de las Falcón. Como mi mamá descubriese que había chupado caña, estábamos apañadas. La glucosa concentrada del tallo terroso aflojaba el estómago como el ron el seso a los hombres brutos del campo. Hacer de vientre como una borrachera del alma. La purga de todo cuanto llevábamos en la sangre y el corazón.

El canto del pilón era una música de mujeres. Se componía en sus silencios de madres y viudas en la demora de quien nada espera, porque nada tiene.

*Ayer yo te vi pasá rascándote la cabeza,*
*io, io,*
*le dije a mi compañera allá va esa sinvergüenza,*
*io, io.*
*No me llames sinvergüenza,*
*io, io,*
*porque yo soy muy honrá,*
*io, io,*
*y tú no tienes reparo pa' venirme a insultá,*
*io, io.*
*Puta tú y puta tu mai,*
*io, io.*

*Puta tu abuela y tu tía,*

*io, io.*

*Cómo no ibas a ser puta si eres de la misma cría,*

*io, io.*

*La zoqueta se cree,*

*io, io,*

*que todo se lo merece,*

*io, io,*

*y vive en un peazo 'e rancho que el viento se lo estremece,*

*io, io.*

Me lo cantaba mi tía Amelia, la gorda, soltando risotadas en la cocina, conminándome a guardar silencio, por si mi madre la sorprendía. Yo repetía, como un loro triste y flaco sin brazos ni muslos tan fuertes como los de aquellas negrotas, esas catedrales de carne prieta que cantaban de pie ante un budare. Formas de llorar parecidas a los incendios del campo.

Abrí la ventana y me asomé a nuestra calle sin árboles, rastreando en la humareda de muerte el olor de ese pan de maíz. Cerré los ojos e inspiré con fuerza las sobras de una biografía hecha a palos. La vida fue aquello que pasó. Aquello que hicimos y nos hicieron. La bandeja donde nos abrieron por la mitad como un pan a punto de crecer.

—¿Tanta desconfianza me tienes para dormir con la puerta cerrada y el seguro puesto?

—Buenos días, Santiago. Sí, estoy bien, gracias por preguntar. Por cierto, baja la voz; cuanto más tiempo pueda evitar que las invasoras del piso de al lado se den cuenta de mi presencia aquí, mejor. Ah, la toalla que dejé sobre la mesa es para ti, cógela.

Volví al balcón. La barricada humeante seguía en el mismo sitio. Nadie se había molestado siquiera en apartar los contenedores o limpiar la plaza, llena todavía de obstáculos, trozos de cemento arrancados de las aceras, botellas rotas y palos.

Aurora Peralta ya no era Aurora Peralta. En el lugar donde la dejé había ahora un amasijo carbonizado.

«Todo está bien», pensé.

Permanecí asomada a la ventana más de lo normal, como si me hubiese apagado al contacto con el aire. En el asfalto había manchas de sangre y vidrios rotos. Arriba, en dirección a la barriada de La Cal, bajando por la avenida Panteón, vi a un grupo de motorizados de los Hijos de la Revolución. Eran cerca de treinta. Avanzaban en zigzag. Llevaban megáfonos con los que gritaban el repertorio de siempre:

—¡No pasarán! ¡No volverán! ¡La Revolución vive!

Sí, sobre el cadáver de alguien más.

—¿En qué estás pensando? —Santiago me sacó de mi nebulosa.

—En la forma más rápida de que te vayas de aquí —contesté sin levantar la mirada.

Me irritaba esa forma directa y violenta que tenía de preguntar las cosas, además del espíritu resolutivo, el mismo que usaría un líder que pasa revista.

—Busca un sitio donde esconderte, aquí no te puedes quedar —continué.

—No puedo.

—Sí puedes. Y lo harás. No ahora, pero tienes que hacerlo. Llama a Ana, a un amigo, qué sé yo...

—No tengo adónde ir.

—Ni yo. Ni la señora esa que ves cruzar la calle. Ni los miles de personas enloquecidas y atrapadas en esta ciudad. Algún amigo de la facultad podrá acogerte unos días.

—Ah, claro, es verdad, chica. Seguro que a todos los sacaron ya del Helicoide. ¡No, no, espera! ¡Tengo una idea mejor! Puedo presentarme ante el matón jefe del Negro Primero. Estará encantado de escuchar que me desorienté, perdí el camino y por eso no me reagrupé con ellos ayer.

Buscó otro cigarrillo en los bolsillos. Estaban vacíos.

—Pero, claro, como saben que soy muy discreto y un tipo muy listo, ni se les ocurriría pensar que le he contado esto a alguien. Segurito los del comando entenderán lo que ha pasado e intercederán ante los jefazos para que no me maten de un balazo en la cabeza.

Chasqueó los dientes. Me atravesó con esos ojos aguarapados de niño genio, una versión escarmentada del adolescente lasallista que conocí: largo y fino como un palo para tumbar mangos de los árboles, el mentón y la quijada muy marcados, el gesto delgado y altivo, una adultez física no del todo acompañada por la de su espíritu. El hecho de que fuera el hermano menor de Ana lo convertía también en el mío. Por eso me sentía con la autoridad moral para abofetearlo, y si no lo hice fue porque otros ya le habían pegado lo suficiente.

—Santiago, deja el sarcasmo, que la masa no está para bollo.

—Me das lecciones a mí. ¿Y tú, Adelaida? Tú, ¿qué? ¿Por qué no echas tu cuento como es? Esta casa no es tuya, ni de tu familia. Aquí no hay ni un solo libro y ni siquiera sabes muy bien dónde están los vasos. ¿Qué hacías en medio de aquel desastre? No te veo yo con pinta de dedicarte ahora a la resistencia y la guerrilla urbana. ¿Qué pasó? ¿Por qué arrancaste a correr como una loca? ¿Qué buscabas? ¿De qué te deshacías? Tal era tu cara, que resaltabas por encima del desastre. Preferí ser yo el que saliera a tu encuentro antes de que otro se me adelantara y te metiera una paliza de verdad, o te disparara un perdigonazo.

—Shhhhh. ¡Baja la voz! Eso lo hiciste porque quisiste. Está más que demostrado, a estas alturas de mi vida, que puedo cuidarme sola, bastante mejor que tú, por cierto... No tengo ninguna intención de explicarte nada. Estoy mayorcita para rendir cuentas, y menos a un niño con ínfulas. Entiendo que no tengas adónde ir, que has pasado un infierno. Puedo entender todo eso. Pero tú debes comprender una cosa: dices que estamos embadurnados hasta la coronilla. Pues bien, entonces que cada quien achique su mierda. Empieza por ir a casa de tu hermana, y cuanto antes, mejor. Puedes quedarte aquí dos días; dormir, porque lo necesitas; pensar con calma. Eso sí: luego te vas. La vida no me dio hijos y no vas a ser tú el primero, ¿estamos?

En las horas que llevábamos juntos no había visto en Santiago el gesto de sorpresa y desconcierto que tenía ahora en el rostro. Clavó los ojos en el suelo y cruzó los brazos sobre el pecho.

—¿Estamos? —insistí.

El silencio se hizo largo, hasta apretar el aire.

—Estamos, Adelaida. Estamos.

—Me parece bien, y, si me permites, voy a la cocina. Ahora soy yo quien tiene hambre.

Abrí la alacena de Aurora Peralta, un antiguo mueble de comedor, de esos con cristalera, repisas y gavetas para los cubiertos. Apiladas en dos torres, una de platos soperos y otra de platos llanos, encontré una vajilla de La Cartuja algo mejor surtida que la nuestra. Su aspecto de loza fina parecía redimido en las fuentes que a nosotras nos faltaban y que en aquellas repisas cobraban el aspecto de un acontecimiento: las soperas, las tazas de café y bandejas. Cogí uno de los platos y lo examiné con cuidado. Me pareció más elaborado que los que había visto hasta entonces, e incluso llegué a dudar de la autenticidad de la vajilla que mi madre había guardado con la conciencia de que se trataba de un objeto valioso. Yo no llegué nunca a creerme del todo que nosotras, las Falcón, comiésemos en los platos que pidió para su servicio Amadeo de Saboya, pero al ver estos comencé a pensar que la auténtica vajilla de La Cartuja era la que guardaban las Peralta y no la nuestra.

Quería ser persona y comer en un plato como ese y usar cubiertos. Aunque las circunstancias me hubiesen convertido en una hiena, tenía todavía el derecho a no comportarme como tal. La carroña se puede comer con cuchillo y tenedor.

Abrí más cajones y gavetas. Encontré varias latas de conservas, harina de trigo, pasta para cocer y agua mineral embotellada. También café, azúcar, leche en polvo y tres botellas de Ribera del Duero. Había suficiente atún en lata para una semana, además de pimentones en aceite y aceitunas. Aquella era la dieta de una casa española, insólita en una ciudad en la que no se conseguía ni siquiera pan.

En la nevera había media docena de huevos, un bote de mermelada de guayaba a medio consumir y una tarrina de queso para untar. También algunos tomates y cebollas en buen estado, y, en el congelador, seis trozos de carne separados en bandejas de porexpán. Sentí una pulsión incontrolable de comer un filete jugoso, algo sangrante para reponer el hambre acumulada. Llevaba dos días sin comer y comenzaba a resentirme. Entonces recordé a la Mariscala y a sus lugartenientes, que reaccionarían al instante ante el olor. Aunque hambre no creo que pasaran, porque recibían las bolsas y cajas de comida que el Gobierno daba a sus acólitos.

Me asomé a la sala. Santiago seguía allí.

—Anda, comamos. No hay cerveza, pero sí vino.

Estaba de espaldas. La luz de los ventanales recortaba su silueta. Parecía un fantasma. Tenía la cabeza baja y los hombros caídos.

Volví a la cocina. Saqué los tomates, el atún en conserva y dos huevos para cocerlos en agua. En un cajón encontré una docena de manteles blancos, quizá de la antigua casa de comidas de Julia Peralta. Extendí uno de ellos sobre la mesa, como una declaración de paz. Saqué dos copas de un juego impar y descorché el Ribera. Me acerqué a Santiago, que seguía mirándose los zapatos. Se levantó y fue hacia la mesa. Serví el vino y me senté. Después de beberse de golpe su copa, me preguntó por Sagrario, su madre.

—¿Sabes si ha empeorado?

—Hasta hace unas semanas seguía igual, en un mundo que ya no es el tuyo ni el nuestro —dije, y él resopló—. Mira el lado bueno: al menos no es consciente de este desastre. No entiende del todo que no estés.

—¿Ya no me recuerda?

—Santiago, tu madre ya no reconoce ni a Ana. Y el alzhéimer sin medicación se complica.

—¿Cómo está haciendo mi hermana para cuidar a mamá?

—Pues lo mismo me pregunto yo. Si Ana no se ha vuelto loca en estos meses es por ese efecto apisonador que tiene todo. Aquí no se puede retroceder. O te mueves rápido o te derrumbas.

Se quedó mirando la copa. Me preguntó de qué había muerto mi mamá. Cuando le dije que de cáncer, arrugó el entrecejo.

—¿Y cómo le aplicaron la quimio? No hay reactivos. No hay nada.

—El tratamiento de quimioterapia lo compré en el mercado negro, y muchas veces sin estar segura de si esas medicinas serían las correctas.

—Vaya mierda, ¿no? —dijo sin levantar el dedo del mantel.

—¿Cuál de todas, Santiago? ¿El cáncer, el Gobierno, la escasez, el país?

—Que no te haya ayudado nadie.

—Mi madre y yo estábamos acostumbradas a resolver sin darle demasiadas vueltas a la cabeza.

Fui a la cocina y dispuse con esmero el tomate y el atún en dos platos. Me pregunté cómo íbamos a abastecernos de comida y agua si estábamos encerrados. Santiago no podía dejarse ver, y aunque yo sí podía salir, no tenía ninguna intención de dejarlo solo en ese departamento. Debía revisarlo de arriba abajo primero. Y todavía me quedaban muchas cosas. La Mariscala y sus invasoras también eran un problema. Mi estrategia de silencio era peor que una invitación a tomar por asalto el piso.

Santiago me sacó de mis pensamientos de golpe.

—¿Sabes algo, Adelaida...?, no te recuerdo joven.

El comentario me despistó. Cogí uno de los huevos cocidos y comencé a quitarle la cáscara.

—¿Me estás llamando vieja?

—No, sencillamente... —arrastró las palabras, como para coger impulso—. No guardo recuerdos tuyos de los años de universidad con Ana. Te recuerdo a partir de su boda. Y no sé por qué, si Ana hablaba de ti todo el tiempo.

—Y de ti, Santiago. Para ella eras como una especie de genio a quien había que dárselo todo. Espero que sepas agradecérselo algún día.

—El fotógrafo con el que estabas ese día en la boda de Ana..., ¿por qué lo mataron de aquella manera...?

La expresión me resultó torpe, aunque cierta. «De aquella manera»: abriéndole la garganta y sacándole la lengua. Me costó responder.

—Publicó una información que dejaba en evidencia al Gobierno y no se lo perdonaron.

—No sé por qué me meto en esas cosas. Perdóname.

Sonó el telefonillo. Santiago miró hacia la puerta de madera. Yo me llevé el índice a los labios. No digas nada. No hagas nada. No te muevas. Comencé a jugar con la cáscara rota, aplastándola contra el mantel. Sonó una vez más. Un timbrazo que duró años en nuestros cerebros. Que en una ciudad como aquella alguien llamara a la puerta no era, de seguro, nada bueno, y menos en nuestras circunstancias.

Transcurrieron diez minutos en los que no nos dijimos nada. Oímos ruido de pisadas en el pasillo. Me asomé a la mirilla de la puerta. Vi a tres hombres vestidos con ropa normal: no llevaban uniforme de ningún tipo, ni las camisas rojas de los Hijos de la Patria o los chalecos oscuros del SEBIN; tampoco el uniforme verde oliva de la Guardia Nacional. Tenían, eso sí, aspecto de delincuentes. Uno de ellos, el que parecía el jefe de la expedición, se detuvo ante la puerta del apartamento. «Esa no, Jairo. Es la otra», dijo uno de los sujetos. «Tú cállate, pendejo», le soltó, y giró hacia la puerta de mi antigua casa.

Tocó el timbre, que oímos a través de los muros del comedor. Yo tenía miedo. Santiago era un problema. Y él lo sabía.

Cuando oí el chancleteo de la mujer que se dirigía a abrir la puerta, sentí todavía más miedo. ¿Qué era aquella visita? ¿Y qué sentido tenía? ¿Vendrían a invadir el piso que creyeron vacío? ¿Venían a por Santiago? El pasillo a oscuras no me permitía distinguir con claridad. Con ambas manos apoyadas en la puerta, tuve la sensación de detener un tren. Usé mi cuerpo contra la locomotora de la Revolución. Los enemigos del progreso, descarrilando contra nosotros.

Santiago se acercó a la puerta. Me pidió, uniendo las manos, que lo dejara mirar. Si alguien podía conocer el aspecto de quienes venían a cortarle el pescuezo era él, así que me hice a un lado y esperé. La Mariscala se presentó en la puerta e hizo pasar a sus visitantes. Apagó el reguetón y mandó a sus fieras abajo, junto con los otros dos acompañantes del que parecía ser el jefe. Me fui al dormitorio principal. Al poco tiempo llegó Santiago. Le hice un espacio para que ambos pudiésemos escuchar lo que decían. La conversación fue directa y sin rodeos. Pude entender, por lo que decía el sujeto ese, que sabían de sus negocios. Y que eso no les gustaba nada. El reino de la Mariscala parecía tener límites y aquel hombre se había presentado allí para dejarlos muy claros. La Revolución tenía estratos, castas y cuotas que ella comenzaba a rebasar.

—Te lo voy a poner más claro —le dijo el visitante—: sabemos que tu hermano trabaja en el Ministerio del Poder Popular de Alimentación y Seguridad Agraria. Sabemos también que te sacas un sobresueldo con las bolsas de comida de los Comités Locales de Abastecimiento y Producción. Te estás hinchando revendiéndolas, y lo que es peor, chica: sin repartirlo con nadie. Eso no está bien.

Ni la Mariscala contestaba ni nosotros podíamos verla gesticular, si es que lo hacía.

—¿Tú estás oyendo, mi amor? —El hombre hablaba deprisa—. Lo sabe todo el mundo: que vendes a los oligarcas la comida de los compatriotas. Sabemos que lo guardas todo aquí. Eso no puede ser. El Comandante quería gente dispuesta a defender su legado, no a enriquecerse. Aquí lo que es de uno es de todos.

—Esto es mío. Yo lo cogí primero —contestó al fin la Mariscala.

—No es tuyo, m'hija. Métete eso en la cabeza. No nos gusta la gente que se aprovecha de la memoria del Comandante. Y tú estás siendo muy egoísta. Así que no te lo repetiré más: o nos das todas las cajas de comida del comité y nosotros te dejamos tranquila, o empezamos una guerra.

Santiago y yo permanecimos pegados a la pared, mirándonos. A la Mariscala la valentía la había abandonado.

—Yo no estoy haciendo nada malo, todos hacen lo mismo. —Su tono era más débil.

—¿Nos vas a dar o no las cajas? —gritó él.

Ella no contestó.

—No te lo voy a repetir: si me entero de que sigues sacando real con esto, no te va a dar tiempo de esconderte. ¡Grábatelo en la cabeza, no habrá un segundo aviso!

El silencio se hizo todavía más largo y compacto. Solo se rompió con el sonido de la puerta que se abría y el portazo que dio el visitante al cerrarla. A los pocos minutos subieron unas mujeres. La Mariscala las recibió a gritos.

—¡Me recogen toda esta vaina, nos vamos mañana mismo! ¡Tú saca todas las bolsas que teníamos apalabradas y las vendes! ¡Las que quedan por repartir, las despachas hoy mismo!

—Quedan muchas —respondió una de ellas.

—Pues te las arreglas. ¿Es que no tienes la lista que te pasé? Búscala, pa' revisá cuántas son. El peo se prende esta noche, y antes de eso tenemos que tener toda esta mierda fuera, ¿oíste? ¡Apúrate, m'hijita!

—Pero hay que entregá las de los comités, las que no se pueden vender —volvió a ripostar la otra.

—Ya lo sé, estúpida. Dame acá ese papel. —La Mariscala comenzó a leer—. Ramona Pérez: a esta le das la bolsa de comida, que ella es cumplida y buena revolucionaria; a este, el tal Juan Garrido, dásela también, que él va a las marchas. A Domingo Marcano, no. Ni agua al hiju'eputa ese...

—Pero si tenemos orden de entregarlas todas.

—Me da igual, chica. Me da igual. Las que no se reparten, se venden, ¿oíste? Y ya estás tardando. ¡Muévanse mientras yo resuelvo todo esto!

—Ñora —dijo otra de sus asistentas—, esa comida es de la Revolución. Usté no pue decidí lo que decide el Comandante.

—La voz del Comandante aquí soy yo.

Nadie más osó hablar.

Santiago y yo oímos a las mujeres chancletear y arrastrar bultos, un trajín que duró media hora. Cuando se marcharon, la Mariscala comenzó a romper cosas. Una a una. ¿Qué estaría destruyendo?, ¿qué le quedaba por volver trizas, si ya lo había roto todo? Cada objeto que abarrajaba contra el suelo era un mazazo sobre mi secreta esperanza de entrar a rescatar mis documentos y las cosas de mi madre. Me llevé las manos a la boca para no gritar. Santiago intentó cogerme del brazo y llevarme al salón, pero me zafé de mala manera. Le di a la cama una patada imaginaria que no llegué a rematar, por temor a hacer ruido. Me lo quitaron todo, hasta el derecho a gritar.

Aquella tarde quise tener garfios en las manos. Matarlos a todos con el solo movimiento de mis brazos, como un molino mortal. Apreté las mandíbulas hasta reventar un molar que escupí en trocitos sobre el suelo de granito. Maldije, con mis dientes rotos, al país que me expulsó y al que todavía pertenecía sin formar ya parte de él. En mí había crecido el odio. Se endurecía, como una boñiga en mi vientre.

Santiago volvió a la habitación con la botella de vino. Dio un trago áspero y largo. Cuando me extendió la botella repetí su gesto. Bebimos en silencio, hermanados por un nuevo vínculo.

—¿Todavía crees que soy uno de ellos? Dime, ¿me crees capaz de tanto?

Le quité la botella de las manos y bebí el último trago.

—Estoy agotada y asustada, Santiago.

Asintió con la cabeza.

—Yo también, Adelaida.

Teníamos miedo.

Mucho más del que podíamos soportar.

Desperté con un sonido de disparos. Eran iguales a los de la noche anterior, ráfagas de perdigonazos mezcladas con detonaciones sueltas. Me costó unos minutos saber dónde me encontraba. No tenía zapatos. Estaba arropada y encajada entre almohadas. La puerta de la habitación permanecía cerrada. Me levanté y corrí hacia la cómoda. Abrí la última gaveta. Los documentos y el dinero seguían intactos, envueltos entre la ropa de cama. Me miré en el espejo. Estaba hinchada, con el semblante abotargado. Convertida en un sapo, avancé hasta el salón.

Santiago lo había ordenado y limpiado todo.

—Se han ido.

—Lo sé —respondí estrujándome los ojos.

—Entremos. Sé cómo hacerlo sin reventar la puerta.

—¿Tú crees que...? —Un rayo de esperanza loca me alumbró la mente.

—No, Adelaida; van a volver. ¿No escuchaste al tipo ese? Si quieres recuperar algo, es el momento. Con el desorden que habrán dejado dudo que nadie note que hemos entrado. Y si lo notan, créeme, en la última persona que pensarán es en ti.

Su razonamiento me pareció lógico. Salimos al pasillo mirando en todas direcciones. Santiago llevaba un cuchillo de cortar carne y un gancho de ropa. Con el filo del acero empujó el seguro y con la percha hizo palanca en la cerradura. La puerta se abrió sin esfuerzo.

Había un fuerte olor a mierda y faltaba la mitad de los muebles. Las cajas con la ropa y las libretas de mi madre estaban revueltas y desparramadas por toda la habitación. La Mariscala lo había roto todo: mi ordenador, la mesa del comedor, la taza del váter, el lavamanos. Arrancó las bombillas de todas las lámparas y depositó su mierda donde quiso. La casa en la que crecí estaba convertida en un pozo infecto.

Cogí una bolsa plástica oscura y metí los dos únicos platos de nuestra vajilla que sobrevivieron, también la foto de graduación de mi madre y otras dos, con mis tías, en la pensión de las Falcón. Santiago se había quedado vigilando en la puerta.

Abrí mi armario. No quedaba ni una camiseta. Busqué el pequeño archivador escondido bajo el zapatero y saqué las escrituras de la casa y los documentos legales: mi pasaporte y el certificado de defunción de mi madre. El escritorio estaba lleno de velas a medio consumir y algunos santos decapitados ocupaban el lugar de mis manuscritos desaparecidos. Volví a aspirar el olor untuoso a letrina. Reparé en una torre de cajas. Estaban precintadas e identificadas con el nombre de quien debía beneficiarse de ellas: El Willy (Frente de Batalla Negro Primero), Betzaida (Frente de Batalla Barrio Adentro), Yusnavy Aguilar (Colectivo Revolucionario La Piedrita)... Nombres inventados, artefactos extravagantes y vulgares, hechos con palabras anglosajonas y con las que sus dueños intentaban confeccionar una versión refinada de sí mismos. A los infelices no les iba a llegar ni un gramo de café, ni siquiera una bolsa de arroz de aquellas cajas de comida subsidiada. La Revolución que los redimía los robaba de todas las formas posibles. Al primer robo esencial, el de la dignidad, se sumaba el de la Mariscala, que les arrebataba sus cestas de productos para venderlas en el mercado negro y ganar el doble o el triple, a costa del soborno travestido en caridad. Me alivió saber que no era yo la única a la que expoliaban. Me alegró que en ese imperio de basura y pillaje todos se robaran entre ellos.

La biblioteca estaba desierta. ¿Qué demonios habían hecho con mis libros? Faltaban muchos. ¿Adónde llevaron *Los hijos del limo*, *La casa verde*, *Aires de familia*, *Pregúntale al polvo*? Me bastó ir al baño para darme cuenta de que trozos enteros de mis ediciones de Eugenio Montejo y Vicente Gerbasi habían servido de tapón para colapsar las cañerías. Me repetí, en silencio, lamiéndome la muela partida: «No es el momento, Adelaida».

Llorar ya no valía de nada.

Miré la bolsa en la que había metido todo y di un repaso con la mirada. Mi madre y yo fuimos las últimas habitantes del mundo que cupo en esa casa. Ahora las dos estaban muertas: mi mamá y mi hogar. También el país.

Salimos sin decir nada y decidimos continuar así hasta cerrar la puerta del piso de Aurora Peralta.

Santiago apareció con una caja de herramientas que consiguió debajo del fregadero. Con algunos tornillos y una vara de metal pequeña reforzó el pestillo y agregó dos seguros más.

—Esto no va a detener a nadie, pero no está de más. Si esas mujeres no regresan, ¿volverás a tu casa para recuperarla? —me preguntó mientras atornillaba una tuerca en la madera.

Permanecí en silencio unos segundos.

—No pienso quedarme aquí mucho tiempo, no más de quince días.

—¿Vas a aguantar dos semanas más?

—Sí, voy a aguantar —respondí, cortante.

No sabía exactamente qué sustancia hacía combustión en mí: si el mal humor, el miedo de no saber qué hacer o la sospecha de que Santiago buscaba incorporarse a mis planes, fueran cuales fueran. Quizá las tres cosas juntas habían conseguido oscurecer mi ánimo. Mientras, él seguía añadiendo seguros a la puerta, apretando y aflojando piezas con un destornillador.

—Esto podrá servir para disuadir, pero no para que estés segura. Tienes que salir de aquí.

Fuera caía una ráfaga de bombas lacrimógenas. El gas pimienta volvió a impregnar el aire. Hasta a eso me estaba acostumbrando: ya no me generaba las arcadas de los días anteriores. Los gritos en la calle se repetían con más intensidad. Me asomé por detrás de la cortina. Un grupo de chicos guarecidos con escudos de madera intentaba avanzar ante un cordón de la Guardia Nacional, que había reforzado el número de efectivos. Eran muchos más. Disparaban sus bombas lacrimógenas a los manifestantes de la resistencia a muy pocos metros de distancia.

Santiago caminó hasta donde yo estaba.

—Mañana me marcho. Y creo que tú deberías hacer lo mismo.

Su tono resuelto me pareció extraño, incluso áspero.

—Esta noche va a ser peor que la de ayer —le dije—. Me voy a la habitación.

Recorrí el pasillo sintiendo que dejaba a mi paso un reguero con mis propios destrozos. Abrí la bolsa negra con mis cosas y las extendí sobre la cama. Cogí las escrituras de la casa, que leí con dificultad. La luz natural ya comenzaba a retirarse, pero no quería encender ni una sola bombilla, al menos hasta tener la certeza de que esas mujeres no regresarían. E incluso después. ¿Quién podía asegurarme que algo más no ocurriría, que no llegarían nuevos matones? ¿Quién podía darme la certeza de que no me degollarían en una esquina? ¿De que no me secuestrarían? ¿De que no entrarían de nuevo? Nada volvería a ser como antes. Y yo no podía esperar librarme de la siguiente bala del tambor de un revólver.

Tenía que hacer algo con el comodín que la muerte de Aurora Peralta había colocado en mi camino. Podía, por qué no, hacerme pasar por ella. Podía intentarlo.

En aquella habitación a oscuras, tomé la decisión. No había vuelta atrás.

Me senté en el suelo, cerré los ojos y comencé a contar los disparos. Uno, dos, tres, cuatro. A veces oía hasta cinco o seis seguidos, como si alguien estuviera usando un arma automática. Las ráfagas iban en aumento. Los bombazos de gas también. La represión era mucho peor que el día anterior. Los motorizados de los Hijos de la Patria arremetían contra los edificios. Los cristales estallaban a su paso. El rugido del motor de los convoyes era la música de fondo de una guerra perpetua. Entonces oí un gran alboroto a las puertas de nuestro edificio.

Me asomé al balcón, escondiéndome tras las cortinas. Un grupo de seis o siete Guardias Nacionales golpeaban el portal con sus escopetas.

—¡Abran! ¡Abran la puta puerta! ¡Sabemos que están ahí dentro y vamos a entrar a sacarlos!

Me di la vuelta y miré a Santiago, que se había asomado a la puerta de la habitación con la caja de herramientas en la mano y el gesto descompuesto. Me hizo una señal con el mentón. Corrimos hacia la ventana de la cocina, que daba al aparcamiento del edificio. Asomados a la cristalera, vimos pasar a diez guardias con el rostro cubierto con máscaras. Los vecinos gritaban desde el interior de sus casas. Algo estaba ocurriendo en la planta baja.

—¡Aquí no hay nadie! —contestó una voz masculina.

—¡Que no, chico, que no hay nadie! —escuchamos a otros gritar desde las ventanas de las primeras plantas del edificio.

—¡Abre la puerta, mamagüevo, abre la puerta ya mismo o la reventamos a plomo! —respondió uno de los agentes del servicio de Inteligencia, al que pude reconocer por el uniforme de pantalón camuflado y el chaleco negro—. ¡Tienes escondidos a un montón de terroristas en tu casa!

Vimos cómo arrastraban por el cabello a una chica, que se resistía dando patadas.

—¡Me llamo María Fernanda Pérez y me llevan presa! ¡Yo no he hecho nada! ¡Me llamo María Fernanda Pérez y me llevan presa! ¡Soy inocente! ¡Yo no he hecho nada! ¡Yo solo estoy protestando! ¡Me llamo María Fernanda Pérez y me llevan presa! ¡Me llevan! ¡Me llevan!

—¡Cállate, puta! ¡Terrorista! ¡Gusana! —dijo el militar mientras le asestaba un puntapié en el estómago.

También sacaron a empellones a cuatro chicos. Eran manifestantes a los que el vecino del primero había dado refugio para que se escondieran de la emboscada de bombas. Los llevaban esposados. Cada vez que se resistían, caían al suelo y recibían una nueva tanda de patadas.

—¡Déjenlos! —gritaban los vecinos de las plantas de arriba.

—¡Están protestando pacíficamente!

—¡Pero si son unos muchachitos! ¡Suéltenlos!

—¡Asesinos! ¡Malparidos!

—¡Grábalo, grábalo, grábalo!

El último en salir fue Julián, el vecino del primero, que caminaba esposado y arrastraba los pies descalzos. Lo hacían avanzar a golpes de peinilla. Vestía bermudas y camiseta sin mangas.

—Tú también eres terrorista, chico, tú también. Te vamos a meter en la cárcel y de ahí no vas a salir en años, ¿oíste?

Los subieron a todos en un camión jaula de la Guardia Nacional. Santiago y yo no dijimos nada. No gritamos nada. Parecíamos gárgolas.

—Mañana mismo me marcho, Adelaida. Mañana mismo —repitió Santiago.

Vi alejarse el furgón cuesta abajo. Lo seguí con la mirada hasta que desapareció entre la nube de humo y plomo. Quise decirle a Santiago que no había prisa, que podía permanecer unos días más si lo necesitaba. Cuando me giré, ya no estaba. Volví a la habitación principal para esconderme de todo aquello. De lo que había visto ese día, y el anterior, y el anterior a ese. Me dolía la cabeza y sentía el cuerpo castigado de permanecer alerta todos los días, a todas horas.

Dejé la puerta de la habitación abierta. Si Santiago iba a robarme, podría haberlo hecho en el primer minuto. El pasaporte y los documentos colocados en orden sobre la cama se me antojaron objetos inútiles. El mundo real ocurría en la calle y se imponía con su fuerza absurda. El día a día se había convertido en mirar, guardar silencio mientras a otros los llevaban hacia la cárcel o la muerte. Nosotros seguíamos vivos. Tiesos como estatuas, pero vivos.

Abrazada a las rodillas, me senté en el suelo. Me sentí vigilada. Quizá me estaba volviendo loca. Los ojos del Comandante, impresos en camisetas o desplegados en los murales de la ciudad, me veían directamente a mí. Apoyé la frente sobre las rodillas y rogué a Dios que me hiciera invisible, que me concediese un manto bajo el cual nadie pudiese saber qué pensaba o sentía.

Cuando vi a Santiago en el marco de la puerta, pegué un salto de horror.

—Adelaida, tranquila. Soy yo.

Lo sabía, claro que sabía que era él, pero el cuerpo no me obedecía. Un sudor frío me cubría toda la piel y lo que había comenzado como un temblor se transformó en espasmos. El corazón me latía sin control, me dolía el pecho y mi respiración se descompasó por completo. Comencé a gemir, como un ahogado. Cuanto más lo hacía, más miedo sentía. «No debemos hacer ruido», repetía una y otra vez.

Santiago me sujetó por los hombros y me llevó hasta la cocina, el único lugar de la casa donde el olor de los gases lacrimógenos no era tan intenso.

—Respira con esto.

Me dio una bolsa vieja de papel que olía a pan.

—Pégatela a la boca y la nariz. Respira, más lento. Respira.

La angustia comenzó a desinflarse. Al tiempo que remitía el terror, afloraba una nueva sensación de pudor y vergüenza. Mi pecho dejó de agitarse y el dolor dio paso al vacío. Santiago me miraba sin mover un músculo. El resplandor de las luces del edificio contiguo iluminó sus ojos, que me parecieron de un color turbio. Vi un río en sus pupilas. Volví a llevarme el dedo índice a los labios. «Shhh. Shhh. Shhh.» Él repitió el gesto, como si fuera mi espejo. Avanzamos hasta el salón: yo apoyada en su hombro, él llevándome como a un ciego.

Sentada en el sofá, con la espalda recta y pegada al respaldo, sentí que mis pulmones se abrían de golpe y que el oxígeno volvía a recorrer mi sistema sanguíneo devolviéndome lucidez. Santiago me pasó los dedos por el cabello. Atravesó las hebras y presionó con las yemas la base del cráneo. Fue haciendo remolinos, y con una presión levísima, avanzó hasta el cuello y los hombros. Retiré el índice de mis labios. Nos miramos largo rato. Nos tocamos el rostro como si confirmáramos nuestra existencia. Nos tocábamos para comprobar que en aquel país moribundo nadie aún nos había matado.

Cuando desperté, era de día. Santiago ya no estaba. Se había marchado, tal y como prometió.

Nunca volví a verlo.

El gestor era un hombre práctico. Iba al grano y no parecía demasiado interesado en saber para qué quería yo esos papeles. La cédula y el pasaporte emitidos a nombre de Aurora Peralta me costarían, eso sí, seiscientos euros. En otras circunstancias habría sido algo menos.

—La prisa se paga —dijo.

Le ofrecí un café. Negó con la cabeza. Sin levantar la mirada del material que le entregué, pasó revista a las fotografías tipo carnet y la firma de Aurora Peralta manuscrita en un papel en blanco, que yo había calcado directamente de sus documentos.

—¿Seguro no quiere nada de beber?

El hombre volvió a negar. Tampoco había gran cosa que comprar en los mostradores de la cafetería donde nos citamos, una chocolatería donde no había chocolate, leche, pan ni tartas. Solo neveras vacías, moscas y bebidas gaseosas apiladas en un frigorífico con el emblema de los helados Coppelia, una marca comunista que los Hijos de la Patria habían importado desde Cuba y que dejó de circular al poco tiempo. Yo, por disimular, pedí una botella de agua mineral. El gestor sacó una pequeña libreta y apuntó algo en ella. Luego la cerró y la dejó a la vista.

—Vaya al baño y meta doscientos euros aquí dentro —dijo en voz muy baja, mientras señalaba la libreta con los labios—. Me la devuelve cuando nos despidamos en la calle.

Subí a los lavabos. Elegí la cabina más cercana a la salida. Mientras orinaba, introduje cuatro billetes de cincuenta euros doblados por la mitad en el cuadernillo de hojas cuadriculadas. Lo metí en mi bolso, me lavé las manos y salí con paso firme. El gestor esperaba en la calle. Le entregué el cuaderno. Nos separamos en medio de la plaza de la Revolución, que a esa hora estaba llena de transeúntes.

Me quedé inmóvil en medio de la plaza a la que mi madre me llevaba los domingos. Vi la catedral pobre y sin pórtico, que disimulaba su insignificancia con una falsa pared de estuco rematada con un campanario. Todo lo que rodeaba aquel lugar había cambiado de nombre o desaparecido. Los pocos árboles centenarios aún en pie parecían más longevos y resistentes que el país. Un grupo de militares vestidos como el ejército patriota en la batalla de Carabobo rendía honores a la estatua de Simón Bolívar. Los trajes estaban cortados con telas burdas; más que uniformes, parecían disfraces. Avancé entre los predicadores y evangélicos. Subí por la Esquina Caliente, donde solía congregarse un grupo de hombres y mujeres vestidos con camisetas rojas, y cuya tarea era arengar con megáfonos las hazañas del Comandante Eterno. Todos llevaban la nueva versión de la bandera nacional a la que el régimen había agregado una octava estrella. Su propio invento de una provincia recuperada. Junto a la turba de acólitos, dos enormes retratos de Bolívar, el Libertador —como lo llamábamos, acaso por el ramalazo caudillista—, componían una escena militarista y funeraria. Eran pósteres nuevos, casi recién sacados de la imprenta. Formaban parte de una nueva versión que la Revolución distribuyó e hizo colgar en todas las oficinas públicas, para sustituir el perfil del prócer de la independencia con el que crecimos todos.

La nueva fisonomía había introducido algunos cambios en los rasgos originales hasta entonces documentados. Bolívar lucía más moreno y con unas características que nadie hubiese atribuido a un blanco criollo del siglo XIX. La exhumación y análisis genético de los restos del héroe patrio, que la Revolución mandó a sacar del Panteón Nacional en una ceremonia más necrófila que política, parecía haber añadido una nueva cepa mulata al ADN del Padre de la Patria, ahora más parecido al Negro Primero que al hijo de españoles que se alzó en armas contra Fernando VII. La cirugía plástica que los Hijos de la Patria hicieron del pasado tenía algo de remedo. Caminé hacia la avenida Urdaneta con la certeza de que estaba a punto de dejar atrás todo aquello. Una mezcla de desprecio y miedo me separaba de aquel país. Como el Thomas Bernhard de *El sótano* y *Tala*, comencé a odiar el lugar en el que nací. Yo no vivía en Viena, sino en el centro del merequetén.

«¡Ay, garabí!»

El proceso para convertirme en Aurora Peralta ya había comenzado, y hasta podría decirse que había cruzado con éxito mi primera línea de impostación. Acudí al consulado español vestida con su ropa, que me sobrepasaba en tres tallas. La mía había quedado en los armarios de mi antigua casa. No tenía nada con que cubrirme, excepto aquellos vestidos y pantalones talla cuarenta y dos. Me costó días acostumbrarme a ese aspecto cenizo de matrona antes de tiempo. Me detenía horas enteras ante el espejo, para estudiar el pequeño cataclismo de mi aspecto, una rutina de autosugestión en la que no noté ningún progreso concreto, pero sí una demolición absoluta.

Cuando me planté ante la pequeña cámara digital del consulado para la foto del pasaporte biométrico, con ese vestido grande y negro de Aurora Peralta, no supe si debía sonreír o mantener el semblante estreñido de quienes se dejan identificar. Al final me salió un gesto desdichado y engañoso, impreso en aquel documento, que sostuve entre mis manos.

A las puertas de la oficina consular, abrí el cuadernillo troquelado con las palabras Unión Europea-España en letras doradas. A mi rostro le correspondían ahora una edad y un territorio que no me pertenecían, una historia con desgracias y alegrías ajenas y por ese motivo insospechadas. La de Aurora Peralta era una vida de la que nada sabía y en la que tenía que sumergirme de golpe. Ante la larga fila de hijos y nietos de españoles que esperaban su turno para recoger el documento que los sacaría del país, estrené la dicha de los desesperados. Ni yo era esa mujer ni llegaría a serlo nunca del todo. Entre la espada y la pared, siempre se puede elegir la espada. Aquel pasaporte era mi acero, una tizona mal habida.

No era momento de arrepentirse, me dije. Las cosas fueron como fueron.

Mi obligación era sobrevivir.

Tras la marcha de Santiago, todo fue a peor. La Mariscala y sus secuaces regresaron, esta vez con refuerzos: una tropa de otra decena de mujeres embutidas en mallas de colores. Su aspecto evocaba una carnosidad absurda en un lugar en el que todos morían de hambre. Cinco de ellas ocuparon los locales vacíos de la planta baja, que pasaron a formar parte de la estrategia de colonización. En uno de ellos instalaron la sede del Frente de Batalla de Mujeres Libertadoras, así lo indicaba un improvisado cartel que colgaron con cinta plástica. La otra mitad del grupo continuó a las órdenes de la Mariscala. Trajinaban todo el día en mi antigua casa, ahora convertida en un almacén de cajas de comida.

Aquella mujer debió de ganar la batalla contra el matón que intentó arruinar su negocio, ahora boyante, del mercado negro de alimentos regulados. Las cosas iban bien para ella. En aquel piso entraban y salían personas a todas horas. Arrastraban bolsas y paquetes de comida, también enormes cajas repletas de papel higiénico. Si un producto escaseaba, ellas lo tenían. Era de esperar que cobrasen por ellos el doble o el triple de su valor en los mercados populares que la Revolución creó para maquillar la escasez con anaqueles medio vacíos. Ellas ocupaban el punto medio de la cadena, eran las depositarias del estraperlo.

La Mariscala había elegido nuestro edificio porque estaba cerca de las zonas de los mercados revolucionarios y al mismo tiempo podía competir con los otros comercios de la zona a los que no llegaba casi nada y a cuyos propietarios acusaron de acaparadores los Hijos de la Patria. Ahí creó la Mariscala su red de clientes cautivos: en el desierto de la clase media hambreada que no recibía las dádivas de la Revolución. Lo hizo con las leyes de la especulación que los jerarcas atribuían al capitalismo y con las que ella y otros se llenaban los bolsillos.

Rara vez dormían en mi antiguo piso. Lo usaban para organizar su stock de mercancías. Sus ausencias nocturnas me concedieron una mínima paz. Hacía todo a partir de las diez de la noche: ducharme, preparar algo rápido en la cocina, mover cosas, andar de manera algo más natural; pero nunca encendía la luz. Los vecinos intentaron luchar contra ellas. Gloria, la del *penthouse*, fue la primera en organizar las acciones más urgentes. Se dedicó, puerta por puerta, a convocar a los vecinos para planificar una estrategia común de defensa. En dos ocasiones tocó el timbre de la casa de Aurora Peralta. A oscuras, como en una sepultura, yo permanecía inmóvil. Un día la escuché preguntar a unos cuantos vecinos por el paradero de Aurora, incluso por el mío. Nadie fue capaz de dar una respuesta. Ni la tenían ni querían saberla.

Encerrada entre aquellas paredes, me dediqué a estudiar y desentrañar la biografía de la mujer en la que debía transformar-

me. Lo primero que hice, después de repasar la correspondencia y los álbumes de fotografías de su madre, fue cargar su móvil, del que saltaron tres mensajes de voz. Todos pertenecían a
María José, que también había escrito con insistencia correos
electrónicos dirigidos a Aurora. Me apresuré a contestar expli-
cándole los motivos del silencio: los disturbios, los cortes de luz
y el sabotaje del servicio de internet.

Escribí usando la primera persona de Aurora Peralta e imi-
tando su estilo. La respuesta fue inmediata. «¿Cuándo vienes?»
«En cuanto tenga listo el pasaporte», tecleé. Con eso bastaba, al
menos a juzgar por la prosa secretarial y escueta de la propia
Aurora Peralta.

Su ordenador era viejo y autocompletaba los datos de na-
vegación, incluidas las claves personales. Accedí a toda su información sin contratiempos. Me concentré en las cuentas
bancarias y los mensajes de correo. Confirmé primero que la
firma electrónica de la cuenta en euros fuese la correcta. Eran
cuatro cifras que el banco había hecho llegar a Aurora en un
sobre y que ella guardaba junto con el resto de la información:
claves de correo, direcciones electrónicas, números de teléfono y direcciones físicas. Los cuatro dígitos seguían funcio-
nando. Una vez con su móvil activo, y con la clave de seguridad que enviaba el banco en un mensaje, logré hacer algunos
pequeños traspasos de dinero a la tarjeta de crédito emitida
a su nombre, aunque vinculada a la cuenta en la que su madre, Julia Peralta, aparecía aún como cotitular. No quería dejar ningún cabo suelto. Intentaba asegurarme de que todo iba
bien.

La segunda parte fue la más complicada: reconstruir la relación de Aurora Peralta con su familia española. Todos los correos de su bandeja de mensajes recibidos eran de María José Rodríguez Peralta, su prima.

Me costó armar la foto de conjunto, acaso porque entre personas que se conocen todo se da por sentado. María José era la hija de Paquita, aquella mujer que encontré en las fotos de los años setenta y que comencé a estudiar detenidamente a partir de ese momento. A día de hoy, Francisca Peralta tenía ochenta y un años y, según le escribió su propia hija a Aurora, era la principal propulsora de su salida del país. Una forma de amortizar la larga historia de cuentas pendientes con su cuñada Julia.

Eché mano de las cartas que Julia Peralta escribió a Paquita. Había sido ella quien la había animado a cruzar el océano tras la muerte de Fabián. Se escribieron cada semana al menos durante los primeros ocho años. La correspondencia comenzó a espaciarse, sin descuidar jamás el giro mensual de quinientos bolívares, unas seis mil ochocientas pesetas, que Julia enviaba a su familia política. Paquita se interesaba por los progresos de la pequeña Aurora e insistía en que las visitaran algún verano. «Sé que tienes mucho trabajo, pero podrías enviar a Aurora. Os echamos de menos y estaría bien que María José y Aurora compartieran tiempo juntas. A fin de cuentas, se llevan poca edad.»

Hasta donde pude comprender, las Peralta viajaron a España en una ocasión tras su partida. Fue en 1983, aún con la memoria fresca del origen. La progresiva adaptación de Julia

Peralta obró una transformación: del puesto como cocinera que consiguió nada más llegar, hasta llevar su propio restaurante, una pequeña tasca. Casa Peralta era un lugar extraño, como todos los bares de inmigrantes en sus comienzos. En ocasiones funcionaba como una casa de comidas y otras veces como una cafetería o un bar. Recuerdo que con cada copa de vino, e incluso con las gaseosas, Julia Peralta despachaba un pequeño canapé. Las raciones eran abundantes: pulpo, huevos rotos, arroz caldoso y paellas que colmaban los estómagos y la melancolía de quienes acudían casi a diario. Con el paso del tiempo, Julia Peralta incorporó platos criollos en el menú: empanadas fritas de maíz rellenas de carne y queso, o las arepas que comenzó a ofrecer tras contratar a una ayudante de cocina. Los cambios en la carta atrajeron a los funcionarios públicos de los ministerios cercanos, que iban a desayunar y a almorzar los días de semana.

Julia, la española, como la llamaba la gente, se transformó en doña Julia. Casa Peralta fue a mejor. La fama de su sazón le permitió hacerse con encargos más grandes. Comenzó con el menú para primeras comuniones y acabó cocinando los arroces a la marinera y las paellas que los socialdemócratas servían en sus romerías electorales. Podría decirse que Julia Peralta alimentó a dos generaciones de líderes políticos de la democracia. Ganaron varias elecciones consecutivas, en total casi veinte años de gobierno durante los que la española consiguió su lugar en la ciudad.

Llegó a adquirir una relativa celebridad. En el comedor de su restaurante mandó a colgar, enmarcado en vidrio, un reportaje que le hicieron en la prensa y en el que ella aparecía sonriente en su cocina. «Así es la española que guisa para los adecos», como llamaban a los políticos de centro izquierda, los primeros en promulgar el voto universal, la educación básica gratuita y la nacionalización del petróleo. Hasta que la socialdemocracia acabó enterrada por dos intentos de golpe de Estado, los que inauguraron la carrera política del Comandante y su movimiento de los Hijos de la Patria, Julia había sido la mujer que cocinó para las fiestas de la democracia, mientras la hubo.

A mi madre le gustaba ir a comer a Casa Peralta los domingos, le parecía un lugar decente —un adjetivo que Adelaida Falcón usaba como garantía de relativo buen gusto y decoro—. Invitábamos a don Antonio, que siempre comía a solas, a sentarse con nosotras. Él era canario, de Las Palmas, el menor de siete hermanos y el fundador de la primera distribuidora de libros en la ciudad. Me gustaba escucharlo hablar con mi madre. Había llegado a finales de los años cincuenta. Nos contó que tuvo que pedalear mucho por el bulevar de Sabana Grande, vendiendo cromos de béisbol y encartados de divulgación científica a los quiosqueros de la zona. Luego se compró una camioneta y comenzó a recorrer las carreteras para vender las novedades en otras ciudades de la cordillera central. Hasta que fundó su librería. La llamó Canaima, como la novela de Gallegos.

Aurora Peralta se movía por el comedor tomando la orden de las bebidas y dejando en cada una la cesta de pan para los comensales. También servía los primeros mientras su madre entraba y salía de la cocina sujetando una cazuela humeante de almejas a la marinera. Era una niña fea que lustraba vasos y desmoldaba tartas al otro lado de la barra con un gesto insatisfecho.

A pesar de haberse hecho adolescente en el país, no había conseguido absorber la informalidad y el merequetén que la rodeaba, ajena a toda gracia y alegría, como si hubiese permanecido inmune, ensartada en el alambre de espino de su propia grisura. Su biografía estaba llena de lagunas y episodios inconclusos.

Convertirme en ella era una batalla perdida de antemano. De ahora en adelante, ya no tendría treinta y ocho sino cuarenta y siete años y mi vida debía parecerse a la de una cocinera con secretariado y un grado técnico superior en Turismo —a juzgar por sus calificaciones, bastante mediocre— y no a la de una filóloga especializada en edición literaria. Aquello supuso una especie de desclasamiento.

¿Qué cara pondría al presentarme ante las mujeres de aquella familia? María José no paraba de insistir en que adelantara mi partida. Y convino, sin posibilidad alguna de negociación, en que me quedara en su casa mientras conseguía instalarme y enterarme de cómo funcionaban las cosas en Madrid. Paquita, su madre, estaba emocionada. Quería verme. «Han pasado tantos años, Aurora…», había escrito la prima. Para infundirme valor, pensé que los muchos años sin viajar a España de Aurora Peralta me ayudarían a despistar sobre mi aspecto físico. Incluso hasta sería comprensible que no recordara nombres ni lugares. Pero me inquietaba que hubieran visto alguna foto de la verdadera Aurora, y más aún me preocupaban los recuerdos aprendidos a toda velocidad y memorizados a la fuerza. Todo aquello terminaría formando una sopa. La posibilidad de fallar era altísima.

Al problema de ser alguien más se sumaba una dificultad adicional: cómo armar el relato de mi propia desaparición. A mi cuenta de correo no paraban de llegar mensajes de la editorial para la que trabajaba. Al comienzo solo querían saber cómo me encontraba y si me veía con fuerzas para asumir un nuevo manuscrito. Jugaba a mi favor el hecho de que editar y vender libros era una tarea cada vez más extravagante y ruinosa en aquel país. Pero la tregua duró poco. Me escribió la editora regional. Estaba inquieta por mi silencio. Me preguntó si podía considerarlo como un desplante. Asumí que mi extinción debía ser abrupta y sin demasiadas explicaciones. Redacté un correo escueto en el que comunicaba mi decisión de marcharme del país por un tiempo. Me pareció que las circunstancias nacionales e incluso personales de Adelaida Falcón eran más que convincentes.

«Necesito reponerme de la muerte de mi madre. De todas las muertes que han ocurrido», tecleé.

Al fin, en un nuevo encuentro en otra cafetería en ruinas, el gestor me entregó la documentación venezolana falsa que necesitaba como tapadera para salir del país como Aurora Peralta. Por la tarde compré por internet un billete de avión a Madrid. Podía haber partido esa misma semana, de no ser porque hubo una reducción drástica de los vuelos internacionales a causa de las protestas que azotaban al país. Pagué con la tarjeta de crédito de Aurora Peralta. Se trataba de una suma relativamente alta. Al ver que la compra se hacía efectiva sin problemas, respiré aliviada. Con dinero todo era sencillo y rápido. Tenerlo te hacía apetecible para quienes lo deseaban, pero mucho peor era no tenerlo. Y así vivía la mayoría. En una perpetua bancarrota.

Robaron el florero y ocho letras del epitafio. De la tumba de Adelaida Falcón arrancaron completa la palabra «Descansa». Quedó el en paz como una deuda que nadie pagaría. También faltaba el apellido y la consonante del pueblo donde ella nació y en el que yo crecí por temporadas. Las habían arrancado una a una hasta dejar letras apagadas, tartamudas, como la efe de Falcón en el rótulo de la pensión de mis tías. Por perder, perdimos hasta el nombre. Ellas, nosotras: las Falcón, las reinas de un mundo en trance de morir.

Tuve que coger el jarrón vacío de otra lápida para que los claveles blancos no se secaran en la solana de mi propia vergüenza. Había transcurrido un mes de su muerte. Y a pesar de que yo ya no era la misma, quise serlo ante ella. Quise decirle cuánto la había amado. Como mi madre, yo también estaba muerta. Ella bajo tierra. Yo en la superficie. Por eso acudí aquel día. Para soldar nuestros mundos hablándole al viento.

No sé cuánto tiempo permanecí frente a su tumba, solo sé que aquella fue nuestra conversación más larga. Aunque ya no quedaran palabras, aunque solo compartiésemos ese trozo de césped, era lo más cerca que podíamos estar la una de la otra en esta parte del mundo. Pasa rápido la muerte cuando el mundo se empeña en girar. Y el nuestro, mamá, no giró sobre sí mismo hasta encontrarnos, como la tierra en el poema de Montejo. No, mamá. El nuestro volcó y cayó sobre los demás. Apretó a los vivos y a los muertos hasta encuadernarlos en el mismo gesto. De la casa, de nuestra casa, no quedó nada; o al menos yo no pude defenderlo, mamá. Sabrás, también, que otras cosas han cambiado. Que ya no me llamo como tú y que me marcharé pronto de aquí. No espero que lo entiendas, solo quiero que me escuches. ¿Puedes oírme? ¿Estás ahí, mamá? Vine a decirte cosas que di por obvias, y no lo eran. No lo son. Vine a decirte que nunca me importó que mi padre fuese un difunto. Con tu nombre me bastó. Era la única casa firme que podía cubrirme. Llamarme como tú, Adelaida Falcón, era una forma de guarecerme. De la vulgaridad, la ignorancia y la estupidez.

De pequeña sentía un orgullo secreto por tu decisión de no vivir en tu pueblo (hermoso y salado, pero al fin y al cabo un lugar pequeño, asfixiado). Que prefirieras otras cosas al bingo de la hora de la plaga y los guarapos de ron y canela que adormecían el alma de quienes vivían en Ocumare de la Costa. Me gustaba que no te parecieras a tus hermanas. Que fueras discreta y desconfiada. Que despreciaras la superstición y la zafiedad. Que leyeras y enseñaras a los demás a hacerlo. Te parecías, mamá, al país que yo di por cierto. Al de los museos y teatros a los que me llevabas. Al de los que cuidaban la presencia y los modales. No te gustaban las personas que comían o bebían demasiado. Tampoco las que daban voces o lloraban a gritos. Odiabas el exceso. Pero las cosas han cambiado. Ahora todo se desborda: la suciedad, el miedo, la pólvora, la muerte y el hambre.

Mientras agonizabas, el país enloqueció. Para vivir tuvimos que hacer cosas que jamás imaginamos que llegaríamos a hacer: predar o callar, saltar al cuello de alguien más o mirar hacia otro lado.

Me tranquiliza que no vivas para verlo. Y si ahora me llamo de otra forma no es porque haya querido abandonar el país que tu nombre y el mío formaban. Si lo hice, mamá, fue porque me pudo el miedo. Y yo, ya lo sabes, nunca fui tan valiente como tú. Nunca. Por eso en esta nueva guerra tu hija ocupa dos bandos al mismo tiempo: soy de los que cazan y de los que callan. De los que protegen lo suyo y de los que roban en silencio lo que es de otros. Habito la peor de las fronteras, porque nadie reclama las bajas de quienes viven, como yo, en la isla de los cobardes. Y yo, mamá, no soy valiente. Al menos, no de la forma discreta en que me enseñaste. Me legaste valor. No fui valiente. Como Borges en el poema, mamá.

Conocí a mujeres que barrían los patios para ordenar su soledad. Tú también. Una raza extinta. Las tías Clara y Amelia, y también aquellas que las precedieron y venían a visitarnos en sueños. Las mujeres de papel que aparecían colgadas de perchas de metal en los armarios de mis pesadillas. Las viejas severas de la iglesia de Ocumare, todas cubiertas por ese velo de novenario y Nazareno. Las que fumaban con la candela «pa' dentro» y perdían los dientes de tanto parir. O las que aparecían en las agonías de los moribundos, ahuyentando a la muerte mientras decían:

«Pa' tras, pa' tras». Ellas poblaban un planeta que se amplifica en mi memoria. La tía Amelia, ¿te acuerdas?, se levantaba muy pronto para barrer. La vi limpiar y restregar el suelo de cemento de aquel patio lleno de matas y árboles torcidos: tamarindo, parchita, mango, mamey, merey, mamón, ciruela de huesito, martinica, guanábana. Lo que se desprendía de esos árboles era a la vez dulce y ácido, dejaba en la boca un rastro de cosa podrida, el mucho azúcar que enloquecía el corazón y la lengua. La tía Amelia habitaba y mandaba en su jardín, el lugar donde se plantan y se arrancan raíces, donde la vida y la muerte adquieren la misma distancia. La recuerdo, una soldado en camisón que salía a dar muerte a sus recuerdos con un rastrillo.

Nuestra vida, mamá, estuvo llena de mujeres que barrían para ordenar su soledad. Mujeres de negro que prensaban hojas de tabaco y apartaban con una pala los frutos caídos, que reventaban contra el suelo en la madrugada. Yo, en cambio, desconozco cómo sacudir el polvo. Carezco de patios y mangos. De los árboles de mi calle solo caen botellas rotas. No tuvimos patios, mamá, y no te lo reprocho. En la madrugada, y a veces en medio de la oscuridad, peino con una escoba mi propia tierra hasta hacerla sangrar. Recojo mis recuerdos y los apilo, como hacíamos en Ocumare de la Costa con las hojas para quemarlas a última hora de la tarde. Aquel olor a incendio ejerció sobre mí una fascinación secreta que vi romperse hace unos días. El fuego solo purifica a quien no posee nada más. Hay tristeza y orfandad en las cosas que arden.

Desde aquella noche en la que me hablaste de la abuela y las ocho mujeres, sus ocho hermanas, que aparecieron a los pies de su cama mientras agonizaba, pienso en nosotras. En las que fuimos, juntas. Ya sabes, las mujeres de la familia. Nuestro árbol de pocas ramas y frutas que nunca llegaban a ser del todo dulces. ¿Sabes, mamá?, no me he portado bien con nuestras mujeres. No he llamado a Clara y a Amelia desde que les avisé de tu muerte. Las llamaré, mamá, no lo dudes. De momento quiero ahorrar palabras. Porque mirar atrás me hunde en la tierra de la que debo salir. Los árboles a veces cambian de lugar. Los nuestros aquí ya no resisten, y yo, mamá, no quiero arder como arden los troncos de los árboles enfermos cuando los lanzan a una pira. No estoy segura de si volveré a ver a Clara y a Amelia. Y no me preocupa. Se tienen la una a la otra, como nos tuvimos nosotras. Pero eso, ya ves, sirve de poco ahora. Y yo he venido a decirte otras cosas.

Nunca te lo conté tal y como ocurrió... La tarde en la que me perdí, ¿te acuerdas? No me desorienté ni me distraje, algo que ya tú sabrías, seguro. Salí de la pensión de las Falcón para cumplir con un recado que tú misma me asignaste: comprar un kilo de tomates para preparar la comida.

—¿Sabes cuánto es un kilo, más o menos? ¿Lo sabes, Adelaida?

Alcé los hombros.

—Es así.

Me indicaste con ambas manos, sosteniendo la escala imaginaria que ocuparían los tomates en el mundo real.

—¿Lo entiendes?

—Sí, mamá —respondí mirando las copas de los árboles de mango.

—Presta atención, Adelaida. Fíjate bien: que no te den menos. Así, recuerda. —Volviste a indicar con las manos—. Te tienen que dar vuelto. Y no te tardes, que no me gusta que andes sola por el pueblo.

Fui andando hasta el mercado de la plaza. Pedí lo que me habías encomendado. Me dieron una bolsa de tomates pequeños y feos. Pagué con el billete y guardé las monedas en el bolsillo. Pasé revista, sin mucho interés, a los puestos del lugar. El de empanadas rellenas de cazón, al final del todo, que atendía una mujer mientras amasaba kilos de harina. Aquellos tarantines en los que hombretones gordos del puerto compraban las empanadas por pares. Les propinaban bocados ansiosos y las bañaban con una salsa verde picante que les caía a chorretones por la barbilla. También pasé frente al puesto de las jarras de cristal llenas de guacuco y bandejas de sardinas, pargo y carite, aquellos pescados tendidos en las balanzas colgantes de agujas locas, boquiabiertos, con sus dientes pequeños y sus vientres atravesados con una cicatriz. Olía a tripa, sal y escama caliente.

Llegué también a la venta de helados, donde vendían vasitos de hielo raspado teñido con azúcar de colores que el pulpero remataba con leche condensada en el pico escarchado. Fui recorriendo puesto por puesto, con mi bolsa de tomates en la mano.

Hacía calor, ese pegajoso de los pueblos de mar. Debía volver a casa. Era una orden y yo raramente desobedecía una. Tus instrucciones me resultaban una transferencia de poder dentro de la intendencia doméstica. Me concedían responsabilidad. Me sacaban, por momentos, del estado perpetuo de la infancia.

Era como usar tacones, pero mejor. Aquella tarde elegí renunciar a la soberanía de la república de las Falcón. Podía decir que había demasiadas personas y que tuve que esperar, o que un retraso en los camiones que traían las mercancías del puerto hizo que la frutera tardara en reponer los tomates.

El asunto era no llegar. Ese día tocaba preparar pastel de morrocoy, así que en la cocina de las Falcón habría trajín de matrona y matarife. Prefería evitar el trance de ver a mis tías Clara y Amelia, con sus vestidos de cretona y sus cuchillos, listas para meter en una olla de agua hirviente a Pancho, el morrocoy que yo cebaba con lechuguitas y que terminaría cocido cual langosta, y luego troceado y guisado con ají dulce, tomate y cebolla. Me relamía tan solo de pensar que comeríamos pastel, pero prefería no pagar el peaje de oír morir a Pancho. Todos los morrocoyes que recuerdo emitían un chillido que a mí se me antojaba humano y me retumbaba luego en la tripa, culpable de haber rebañado gustosa el resultado de su sufrimiento. Adoraba el sabor dulzón y picante de aquella carne suave, pero quería disfrutar sin haber atravesado la pasión y el calvario del bicho. Saborear la presa sin el recordatorio de su muerte. Comer sin la culpa de haberlo matado. Lo mismo ocurre ahora, mamá. Me siento a la mesa intentando olvidar quién y con qué cuchillo ha arrancado de la res el trozo de filete de mi bienestar. Por eso te hablaba de los bandos, del que roba y del que hace la vista gorda. Del que mata sin matar.

Aquel día subí andando la cuesta de los perdidos, ¿te acuerdas? Así llamaban a aquella avenida que me advertiste cientos de veces que no visitara sola. «Nunca pasa nada bueno por ahí», repetías. En Ocumare todos hablaban de esa calle. Al final había una casa abandonada. La casa del arquitecto. Hasta mis tías y tú llegaron a mencionarla. La tía Amelia cuchicheaba horrorizada, haciendo la señal de la santa cruz que remataba con un besito en el pulgar. Tú las reñías. Esas eran cosas de gente inculta. «¡Supercherías!», zanjabas bajando la voz.

Llegué al caserón sin mucho esfuerzo. Estaba al final del todo, casi pegado al río. La reja principal, de color rojo, estaba cerrada de mala manera con un candado reventado. Entré, atraída por unas plantas de algodón que adornaban el jardín principal. Nunca había visto algo así antes. Eran bultos blancos, esponjosos. Daban ganas de arrancarlos y comerlos a mordiscos.

En el lenguaje de mis tías, lo de «la casa del arquitecto» sonaba a mago perverso, a gente mala. Por eso me sorprendió encontrar un lugar ruinoso pero bello, moderno, racional y generoso con aquel pueblo pequeño y salobre. Parecía una concesión de la Bauhaus para dotar de orden y progreso a un matorral. Me parecía inexplicable que se le atribuyesen tan oscuros comentarios a una de las pocas construcciones hermosas de aquel vertedero. Aquella casa no era, ni por asomo, el lugar feo y oscuro que yo me había inventado en mi cabeza. Su belleza redimía todo cuanto la rodeaba: las casas de zinc y bloques prefabricados en las que los pescadores salaban y colgaban los cazones, las licorerías con cortinas de canutillos y de las que entraban y salían hombres que bebían carteritas de anís en las aceras de la plaza. Aquella casa no pertenecía a ese pueblo y puedo decir que tampoco a aquel mundo.

Entré sin miedo, imantada por los módulos blancos y las cristaleras de colores vivos. Sin embargo, el interior estaba arrasado. Las enredaderas y la maleza se habían tragado casi entera la escalinata de cristal y metal blanco. La marca terrosa en las paredes acusaba inundaciones y los pomos de las puertas estaban arrancados. El caos denunciaba el paso de los ladrones y las esquinas de las galerías estaban llenas de avisperos. Quedaban pocos muebles y el suelo estaba repleto de papeles revueltos: anotaciones sobre la teoría del color aditivo, apuntes para sujetar una esfera en el aire, también bocetos y dibujos de estructuras metálicas.

Me asomé a la biblioteca, encajada en la pared blanca. La primera balda estaba llena de volúmenes en francés. Esa fue la primera vez que vi una edición de Gallimard, me pareció sobria y elegante, con esa doble caja formada por líneas rectas sobre la cubierta color hueso. Desplumados y con las hojas arrancadas, encontré muchos manuales de arte. Jamás hasta ese día había leído esos nombres. Algunos quedaron repujados en mi memoria por su extraño sonido: Josef Albers, Jean Arp, Calder, Duchamp, Jacobsen, Tinguely... A cada artista le correspondía una lámina, acompañada de un texto largo. Las obras reproducidas en esos libros me resultaron familiares.

Las calles y vagones del metro, incluso los pasos cebra de la ciudad, tenían un estilo parecido. Tardé años en comprender que algo del brillo que refulgía en esa casa perdida en un pueblo de mar se había esparcido por todo el país: era la promesa de que algún día seríamos modernos. Una declaración de intenciones. Pero también las intenciones quedaron en ruinas, como los murales de metal arrasados y saqueados de su belleza original por los lateros. La osamenta destartalada de aquellas esculturas se alzaba por toda la ciudad. Quise mudarme a vivir a la casa del arquitecto. Y hasta fantaseé con la idea de limpiarla y acondicionarla para pasar en ella los ratos muertos que la pensión de las Falcón me proporcionaba a raudales.

Unos pesados moscardones sobrevolaban el salón principal. Cerca de la escalera encontré otros objetos que nada tenían que ver con el espíritu del lugar: misales rotos, santos decapitados, cuadernillos del Nuevo Testamento despellejados. También botellas vacías de aguardiente, caracoles de mar, plumas de gallina y trapos sucios. Subí los peldaños con miedo y fascinación. Crujían, carcomidos por el salitre de Ocumare de la Costa. Desde lo más alto era posible ver las plantas de algodón, que a esa hora de la tarde tornasolaban, bañadas por el sol. Se escuchaba, nítido, el sonido del río en el que unas mujeres lavaban ropa.

La bolsa de tomates resbaló de mis manos y cayó sobre una caja de cartón vacía, que retumbó como si en lugar de hortalizas hubiese llevado piedras.

—¿Quién está ahí?

Era la voz de un hombre. Bajé la escalera a toda prisa y me resbalé. Me hice un raspón enorme que me escocía, pero el pánico era mayor a la quemazón de la herida. Salí corriendo, sin mirar atrás, y no paré hasta llegar a la plaza del Mercado. Solo entonces reparé en que tenía el pantalón roto y manchado de sangre.

Regresé a la pensión una hora más tarde. Y no recuerdo qué fue peor, si los chillidos de Pancho cociéndose vivo en la olla de agua caliente o la mirada que me diste, mamá, cuando llegué con la ropa rota y sin los tomates. No te creíste la historia de que me había perdido, lo sé. Te enfadaste hacia dentro, que es como más lastiman los sentimientos cuando se enconan. Fuiste tú por los tomates. Comimos los restos de Pancho sin alegría. Mis tías entraban y salían, agitando el culo grande de mujeres viejas.

—Amelia, te quedó soso —dijo Clara a su hermana mayor, que le lanzó una mirada furiosa.

—Ponle reparo a esta niña, que se te revira, ¡santo Cristo! —ripostó Amelia, para clavar su rabia en otra dirección.

—¡Virgen del Valle! Se te va a poner tonta la niña —rezongó Clara.

Tú, mamá, hiciste caso omiso al drama de las tías. Comiste una ración simbólica de pastel.

—¡Pero Adelaida, m'hija, que mato yo al bicho ese y no te lo comes! Si va a ser la muchachita, que nos amarga el día. Mira que eres terca, chica, cómo has puesto a tu mamá. —Mi tía Clara clavó en mí sus ojos de culebra loca, ofendida, según ella, por los disgustos y el papelón que había montado.

Tú, mamá, comiste sin alzar la ceja. Fuiste la primera en levantarte de la mesa y fregar los platos. No me hablaste durante dos días. Mi primer castigo de silencio me dolió más que cualquier paliza. Pero así eras tú, mamá. Así.


El taxista tocó el claxon dos veces. Había demorado mucho más del tiempo que contraté inicialmente. Me marché, esta vez sin mirar atrás. Masticando las letras arrancadas de nuestro nombre, el tuyo y el mío: Adelaida Falcón. Subí al asiento del copiloto con la boca y el corazón desdentados. Expliqué al conductor las señas que me habían dado en la oficina general del cementerio. Nos dirigimos a una de esas parcelas sin colinas, cuadrantes repletos de tumbas encajonadas entre parterres y en las que sus inquilinos se pudrían sin vistas, apilados unos junto a otros.

—Espere aquí, no tardaré tanto como en la tumba anterior; y no se preocupe, pagaré el exceso.

El hombre resopló, como si la carrera le resultara ruinosa. Bajé dando un portazo con el ramillete de margaritas en la mano.

No había nadie en el camposanto. Los largos pasillos estaban llenos de hojas crujientes. Esa zona del cementerio, algo más antigua que la que ocupaba mi madre, albergaba en su mayoría tumbas de inmigrantes europeos. A pesar de responder a un mismo patrón, rectangular y severo, que igualaba a todas las lápidas, algunos habían añadido pequeñas extravagancias: molinos de viento de juguete y caramelos para niños que ya cumplían veinte años muertos, plantas de Pascua y arbolitos de Navidad chamuscados por el sol. Abundaban las lápidas con retratos ovalados de hombres y mujeres vestidos con trajes pasados de moda.

Encontré la tumba de Julia Peralta a pocos pasos de un árbol. Una espesa capa de maleza la tapaba casi del todo hasta convertirla en un cojín de césped. Tuve que acercarme y arrancar algunas yerbas para leer su nombre completo. Julia Peralta Veiga. Un pelotón de bachacos furiosos salió en todas direcciones. Eran cientos y rojos, como los que se usan para hacer salsas picantes y aliñar los jugos de yuca amarga. Los insectos rodeaban la fotografía esmaltada de Julia Peralta; un retrato de estudio, desangelado y frío. También en vida Julia Peralta tenía algo de eso: un aire de más allá. Mientras intentaba apañar las margaritas en el florero, uno de los bachacos me mordió en el dedo índice. Pegué un salto hacia atrás apretándomelo con fuerza. Tenía una picada enorme. Un alfilerazo que palpitaba y escocía. Intenté mover el resto de la maleza con un palo, pero resultó imposible. El dedo se hinchó en pocos segundos por culpa de la reacción alérgica a la mordedura.

A Julia Peralta mi visita le parecería inoportuna y por eso me echaba de su tumba con la infantería de bachacos cuyos huevos se multiplicaban a las órdenes de la reina madre. Chupándome el dedo como una cría, recogí el pequeño atado de margaritas, ya mustio, y lo coloqué sobre la placa de cemento impresa con su nombre.

No sé si le pedía perdón o permiso. No sé qué hacía, de pie, ante aquella sepultura que podría haber ocupado también su hija de no haber sido por mí. Julia Peralta dormía el sueño de los justos a metros bajo tierra. Su hija, en cambio, se consumió completa junto a un contenedor de basura. Fui yo quien la puso ahí. Fui yo quien le prendió fuego y la abandonó. Fui yo.

Si uno pertenece al lugar donde están enterrados sus muertos, cuál de todos sería ahora el mío. Solo podemos sepultar a alguien cuando hay paz y justicia. Nosotros no teníamos ni una cosa ni la otra. Por eso no llegaba el descanso, mucho menos el perdón.

«¡Le le le, le le, le le le traigo un ramillete 'e flores, lo traigo para San Juan de diferentes colores!», cantaban los negros de Ocumare de la Costa en las noches de junio. «El tiempo maluco que se va no vuelve, plátano maduro nunca vuelve a verde», coreaban azotando la cadera en las playas de mi infancia. «¡Le le le, le le, le le le traigo un ramillete 'e flores, lo traigo para San Juan de diferentes colores!»

Dejé un atado de margaritas que había comprado para una mujer a quien conocía poco y a la que le había quitado todo. Y así como san Juan no volvió al cielo, la paz no apareció sobre la tierra. Aquella tarde sentí que de los árboles del cementerio caían plumas de gallina decapitada. Que los tomates volvían a estallar. Que el morrocoy chillaba dentro de la olla de agua hirviendo. Que los algodones y los pescados me salían del pecho. Que mi madre muerta me imponía una eternidad de silencio. Y que la otra, la española, alimentaba con su cuerpo el veneno de los bachacos de la tierra en la que eligió morir.

En este país nadie descansa en paz. Nadie.

—A la avenida Urdaneta con esquina La Pelota —dije al taxista antes de dar un portazo.

«Se informa a la pasajera Aurora Peralta, favor: presentarse ante el personal de la aerolínea».

Dejé mi pasaporte en el mostrador. Bajé a la pista. Obedecí, la opción de los que no pueden elegir.

«Mierda», me dije mientras me ajustaba el chaleco reflectante que la Guardia Nacional obliga a vestir a quienes tienen algo que declarar.

Era la tercera revisión, así que supuse que se trataba de la definitiva. La del te quedas o te vas. Sudaba más de lo normal y me conducía con la amabilidad exagerada que delata a los que no saben mentir ni delinquir. Ahí estaba yo, de pie y sin mi pasaporte, viendo cómo un funcionario de la Guardia Nacional se daba el último gusto —al menos conmigo— de ejercer el mando. Me obligó a subir la maleta a una mesa de metal. Me hizo un gesto con la mano para que no me acercara. Levantó los cerrojos. Tac, tac. Me miró a los ojos, apuntándome con su uniforme verde, su cartelera de medallas cosidas en el pecho, el arma en el cinto y la cartuchera de balas por estrenar alrededor de su cintura. El «distinguido» husmeaba entre mis cosas solo como suele hacerlo la autoridad cuando está muy ocupada en ser La Autoridad.

—¿Por qué lleva tantos libros y papeles? —increpó—. ¿A qué se dedica?

—Soy cocinera.

—¿Solo eso?

—Sí, solo eso.

Miré las cosas revueltas dentro del equipaje. Las mías: libros, libretas viejas, fotos que no servían para nada más que para recordarme, si fuera necesario, quién era o quién había sido en realidad. Luego estaban las otras: la ropa fea y pasada de moda de Aurora, los álbumes y las cartas que había repasado y estudiado y que llevé conmigo como los apuntes de quien prepara un examen. En un doble revestimiento que confeccioné especialmente para el viaje llevaba las escrituras de los dos pisos, el mío y el de Aurora Peralta. Esos papeles no suponían delito, pero los escondí igual.

En medio de la pista del Aeropuerto Internacional Comandante Revolucionario Eterno, y aturdida por el olor a mar y combustible, vi desfilar los objetos con los que habría de atravesar el Atlántico. Me sentí ante el vientre abierto de una ballena que se deja tocar las vísceras. Sentí pudor, quise cubrirla y cubrirme, pero no protesté. No alcé mi dedo. No le pregunté al «distinguido» cuántas balas de su cartuchera llevaban nuestro nombre escrito. Tampoco quise refugiarme en la solidaridad de los que seguían en la fila: civiles que obedecen a la fuerza.

—Así que usted es cocinera. ¿Y qué comida hace? Porque para cocinar no hacen falta tantos libros, ¿no? —insistió.

—Hago pasteles y dulces, distinguido. También me gusta leer. Me aburro mientras espero a que el horno esté caliente, por eso leo tanto.

—Mmm... ¿Y qué...?

—No entiendo.

Me quedé mirándolo.

—Le estoy preguntando qué más va a hacer. ¿Va a España a trabajar de cocinera? Usted solo tiene pasaje de ida, ciudadana. Aquí yo no veo la vuelta por ningún lado.

Repasé mi discurso de memoria, como había hecho cientos de veces frente al espejo del baño.

—Verá, distinguido, la mayor de mis tías está enferma. Está muy viejita —odiaba los diminutivos, pero me pareció eficaz para acentuar mi papel— y, ¿sabe?, debo cuidar de ella. Mi vuelta depende de su mejoría, por eso no he comprado el billete de regreso.

—Mmm, ya... —dijo con aire simiesco, como si no entendiese lo que leía, ni mucho menos mis explicaciones.

—Espere aquí, ciudadana.

Se marchó durante un tiempo que se me hizo eterno. Temí que me mandaran al cuartito del escáner. Ahí te desnudaban y te palpaban, te colocaban en medio de una uve de metal, por si llevabas escondidos dediles en el estómago o ganas de irte al carajo en el alma. Lo primero no lo tenía, pero lo segundo se me veía por todas partes. De solo imaginarlo sentí vértigo. Todo lo importante viajaba bien apretado en una faja para dolores lumbares. Una coartada deficiente, pero coartada al fin y al cabo. Entre mi espalda y mi vientre llevaba los euros en efectivo de los que todavía podía disponer y también las tarjetas bancarias de Aurora Peralta. Bien apretados en otro doble fondo que hice para el monedero viajaban las tarjetas y los pocos documentos que respondían a mi identidad real.

Las cosas tenían que salir manifiestamente mal para que llegaran a revisarme. Pero, claro, el desenlace no lo decide el que teme, sino el que infunde el miedo. Ahí estaba la gracia, era como jugar con la comida antes de llevársela a la boca, someter la voluntad del otro sin tocarlo siquiera.

El sujeto volvió, dando pasos largos como si el aburrimiento le pesara más que la botas.

—¿Y su tía cómo se llama, ciudadana?

—Francisca Peralta, distinguido.

—Ajá, Francisca Peralta. ¿Lleva usted comida?

—No, distinguido. Puede comprobarlo.

—Mmm... Se lo digo porque hay que controlar los delitos ecológicos y de aduana.

El equipaje continuaba abierto. El guardia cogió un libro y lo olió.

—Si usted cocina, ¿por qué no lleva comida?

—Distinguido, mi viaje es para cuidar a una mujer enferma, no para cocinar.

—Mmm. Pero ¿de qué hablan esos libros que lleva? ¿Tienen recetas?

—No, distinguido, son novelas. Las leo para distraerme.

—Mmm... ¿Y dónde vive su tía?

—En Madrid, distinguido.

—¿En qué parte de Madrid, ciudadana?

—En Las Ventas, distinguido, al lado de la plaza de toros.

—Ah, ¿sí? ¿En Madrid se torea?

Asentí.

—Y usted, ¿es española? Si se va a quedar tanto tiempo, es porque puede quedarse, ¿no? Tiene papeles.

—Mi madre era española y, ya ve, tengo las dos nacionalidades.

—Mmm… ¿Y dónde está el pasaporte español?

Me entró un vértigo y las tripas comenzaron a echar fuego.

Asentí y me llevé la mano al bolsillo para sacarlo.

—Aquí está.

—¿Y por qué no me lo enseñó antes?

—Pues, distinguido, porque… porque… yo soy ciudadana de este país, ¿sabe? —dije con el pasaporte aún en la mano.

—Démelo.

Dudé un momento. Si mi vida tenía un sentido era gracias a ese documento. Lo entregué como si le dejase un riñón.

—Espere aquí.

Se marchó, otra vez. Tuve la impresión de que cualquier situación mínimamente compleja debía consultarla con alguien más, como si su entendimiento no diera para algo distinto de las rutinas elementales. Junto a mí esperaba una chica a la que confiscaron ocho tabletas de chocolate. Ella, sin nacionalidad española, explicó cientos de veces que iba a estudiar un máster a Barcelona. Tras mordisquear todas las tabletas, el Guardia Nacional le preguntó si volvería. Ella, sin dudarlo, dijo que sí. Dos mesas más allá, una mujer mayor tuvo que deshacer estambres enteros y explicar que era hilo para tejer. Casi todos los que esperábamos para ser requisados teníamos los mismos rasgos: mujeres y personas mayores, un perfil fácil de intimidar.

Miré a los pastores alemanes que los guardias utilizaban para detectar la droga que venía de otros países y que los propios funcionarios encubrían. Los perros no llevaban bozal y lo olisqueaban todo, enterrando su hocico en la entrepierna y los bolsos de mano de las personas. Nos jurungaban, metían sus dedos donde más nos dolía. Nos llamaban ciudadanos, pero nos trataban como a delincuentes.

Se hacían los desconfiados y retenían a las personas para dejar pasar a quienes sí llevaban cocaína escondida. Hacer la vista gorda con los alijos de cuidado ganando tiempo con nosotros salía rentable. Más paga la droga que la intimidación. Infundir miedo, además, genera placer.

El guardia nacional regresó con mi pasaporte en la mano.

—Mmm...

No entendí qué quería decirme con ese sonido. Más que hablar, mugía.

—Acompáñeme —ordenó.

Me di por muerta. Seguí a aquel hombre por pasillos grises. Sin pasaporte. Sin teléfono. Sin escapatoria. No era la Falcón ni la Peralta. Si me violaban o me hacían picadillo, nadie llegaría a saberlo. Me condujo hasta un despacho en el que un hombre obeso revisaba papeles.

—Siéntese. ¿Cómo se llama usted?

—Aurora Peralta.

—¿A qué va a España?

—A cuidar a un familiar enfermo.

—¿Lleva usted euros, ciudadana?

No supe qué grado atribuirle, pero como este hombre sí parecía mandar, desistí de la idea de llamarlo distinguido.

—No, señor.

—¿Y cómo va a pagar su estadía ahí?

—Me quedaré en casa de mis familiares.

El hombre inspeccionó mi pasaporte y soltó un suspiro que a mí me pareció una ventosidad.

—Me dice el cabo Gutiérrez que está usted limpia. Para comprobarlo, tendríamos que pasarla por el escáner.

Debí de abrir los ojos como platos.

—Pero no se preocupe, ciudadana, lo paga el Estado. A usted no le costará ni un centavo. De todas formas, eso tarda mucho y llevamos el vuelo cargadito. Haga usted el favor de acompañar al cabo Gutiérrez; yo me quedo con su pasaporte y si usted colabora, se lo devolvemos.

Gutiérrez se llevó las manos al cinturón. Me vi pagando con sexo una muerte rápida. ¿Qué debía hacer? ¿Gritar? ¿Para qué? ¿De qué iba a servir?

—Lo que usted diga, comandante. Si puedo colaborar, lo haré —respondí como si ya tragara semen.

—Vaya usted con el cabo... Y colabore, ciudadana.

Gutiérrez me acompañó a la pista.

—Quítate el chaleco —ordenó.

Que me tuteara me dio miedo. Me deshice de la prenda y la dejé sobre el mesón, junto a mi maleta.

—Sube conmigo.

El avión permanecía aparcado, pero yo seguía en tierra.

El cabo Gutiérrez caminó conmigo por los pasillos y galerías por donde deambulaban los pasajeros, rumbo a sus puertas de embarque. Se detuvo frente a una de las tiendas exentas de impuestos, ese imperio de perfumes, licor y maquillaje. Su tono cambió de golpe.

—Mira, mamita: entras, eliges el televisor Samsung..., ese, el más grandote. Vas a la caja, presentas tus papeles y te vas con el televisor.

Él hablaba mientras yo asentía.

—Pero, distinguido, yo no tengo dinero para pagarlo.

—Eso no es problema, m'hija. Tú lo traes y ya está.

Elegí el televisor, di mis señas y mis documentos. El empleado de la tienda emitió una factura, empaquetó y engrapó los resguardos.

—Que disfrute su compra y su viaje —dijo.

Volví donde el distinguido. Él señaló el suelo con el morro y dejé el televisor ahí. Un empleado del aeropuerto recogió la bolsa. Solo entonces emprendimos el camino de vuelta hacia la pista. Acabamos en el punto donde todo comenzó: frente a mi equipaje. Volvió a abrir la maleta. La revisó maquinalmente.

—Todo en orden, ciudadana —dijo.

Solo entonces me devolvió los pasaportes, el español y el venezolano, ambos a nombre de Aurora Peralta. El documento español regresó a mis manos acompañado de una pegatina amarilla con forma de círculo. Subí las escaleras a la sala de espera con dificultad. Me temblaban las piernas.

En la sala acristalada de la puerta de embarque miré la pista de aterrizaje y a los trabajadores aeroportuarios. Esos hombres y mujeres que mueven los brazos como si quisieran hacer bailar a los aviones. El asfalto brillaba como un tenedor recién pulido mientras las turbinas rascaban los vidrios con su ronquera. El Rolex del pasillo no funcionaba, su puntualidad dormida daba las dos de la tarde sin baterías. Miré mi pasaporte, como si repasando sus hojas y mis ojos vacíos tamaño carnet intentara convencerme de que, esta vez sí, yo era Aurora Peralta.

A mi alrededor, vi pasajeros imantados a sus teléfonos. Mataban el tiempo y la angustia apretando la yema de sus dedos contra las pantallas. El aeropuerto se convirtió en un horno crematorio con aire acondicionado en el que alguien, esa mujer, aquel chico o ese hombre con gafas, enviaba mensajes antes de cruzar el mar como quien quema sus últimos cartuchos o, por qué no, las naves. No regresar era lo mejor que podía ocurrirnos.

Mi móvil sonó dentro del bolso. Era Ana. Hablaba a gritos en medio de espasmos de llanto. No podía entender nada de lo que decía. Julio se puso al teléfono. Santiago estaba muerto. Lo encontraron en un descampado, a las afueras de la ciudad, con tres disparos en la cabeza y una bolsa de cocaína en una mochila.

—¿Cocaína?

—Sí, Adelaida. ¿No has visto los periódicos? El Gobierno ha vendido el asunto solo como ellos saben. «Asesinado líder estudiantil de la resistencia que traficaba con droga.» —Comenzó a sonar una interferencia—. ¿Me oyes?

—Sí, Julio. Pásame a Ana.

Le dijo a Ana que se pusiera.

—¡Eso no es verdad, y tú lo sabes!

—No, no, escúchame. Lo importante, Ana... Lo importante es que te tranquilices —insistí dando voces, como si al gritar consiguiera expulsar mi propio asombro.

—¡No, no...!

—¡Ana, escúchame! —Era imposible hablar con ella. No paraba de llorar—. Ana, escúchame, Ana. ¡Ana! Ana, ¿me oyes?

La comunicación se cortó. Intenté llamar varias veces, pero saltaba el buzón de mensajes. Dejé tres.

Clavé los ojos en el camión del equipaje aparcado junto al avión. La voz de una empleada de la aerolínea anunció el comienzo del embarque del vuelo 072X con destino Madrid. Los operarios apuraban la carga de los últimos bultos y cajas. Con el teléfono en la mano, miré las maletas intentando distinguir la mía, pero no conseguí identificarla. Todas las encontré pequeñas, insuficientes para guardar la vida de Aurora Peralta. Las maletas se parecían a nosotros: las apilaban y pateaban. Compartíamos con ellas una indefensión de pescadería. Alguien nos descuartizaba, nos abría en canal para hurgar sin pudor en todo cuanto llevábamos dentro.

Entendí ese día de qué están hechas ciertas despedidas. La mía, de aquel puñado de mierda y vísceras, aquel litoral acabado, aquel país al que no podía devolver siquiera una lágrima.

Subí al avión y ocupé mi asiento. Apagué el teléfono y con él, los nervios. Miré por la ventanilla. Era de noche y una electricidad de miseria y belleza recorría la ciudad. Caracas lucía acogedora y a la vez terrible, el nido caliente de un animal que aún me miraba con ojos de culebra brava en medio de la oscuridad.

Tan solo una letra separa «partir» de «parir».

Fui al río a lavar ropa blanca. Me acompañaba una niña vestida con unos pantalones agujereados. Una rotura manchada de sangre seca rasgaba la tela sobre la rodilla derecha. Miré el barreño lleno de trapos sucios. Pregunté a la niña su nombre, qué le había pasado, dónde estaba su madre. Me cogió de la mano y tiró con la fuerza de un cíclope. Nos sumergimos bajo un agua terrosa que en nada se parecía a la orilla limpia y tranquila donde estrujaba mis sábanas. Flotábamos entre serpientes de excremento que se movían lentamente junto a caballos y jinetes muertos. Tenían los ojos abiertos, color de yema cocida: cuencas vaciadas de vida. Los cadáveres de bestias y hombres chocaban contra la niña y contra mí, que nadábamos torpes en aquella sopa tibia de sangre y mierda. Incapaces de torcer el rumbo, avanzábamos bajo la corriente, que nos centrifugaba en la cámara lenta de las pesadillas. La niña tiró de mi mano y me sumergió, todavía más, en el arrecife de algas y largas cabelleras de una mierda firme y endurecida.

Quise nadar hasta la superficie, pero la niña volvió a tirar de mi mano para enseñarme algo. Detrás de un caballo ensillado y sin jinete flotaba un cuerpo convertido en un ovillo. Un hombre feto en una placenta séptica. La niña nadó hasta él sin soltar mi mano. Sujetándolo por el hombro, giró su cuerpo para que pudiésemos ver su rostro. Era Santiago. La pequeña usó su brazo libre para rodearlo. Nos abrazamos los tres, con aquel cardumen de bestias, boñiga y hombres muertos a nuestro alrededor.

Cuando abrí los ojos, una azafata me sujetaba el hombro.

—¿Se encuentra bien?

Debí de gritar.

—Sí, estoy bien.

Sentía la boca pastosa y pesada. Sujetaba con mis manos el bolso, que mantuve todo el tiempo sobre el regazo.

—Dentro de una hora aterrizaremos en el aeropuerto de Barajas. ¿Desea desayunar?

Asentí, aturdida. Un olor dulzón, a pan horneado, impregnaba el ambiente. La mujer plantó ante mí un menú enjaulado en una bandeja: frutas cortadas en cubos, mantequilla petrificada y una tortilla desmayada para viajeros sin hambre.

—¿Quiere té? ¿Café? ¿Con leche o solo? ¿Azúcar o sacarina?

Demasiadas preguntas. ¿Quiere usted seguir o volver? ¿Se llama usted Adelaida Falcón o Aurora Peralta? ¿La mató o ya estaba muerta? ¿Huye o roba? El avión me pareció pequeño, asfixiante.

—Tengo sed —dije.

—¿Quiere agua? ¿Zumo? ¿Piña o naranja?

—Naranja, quiero naranja.

Bebí el concentrado de golpe. Recuperé vida y lucidez con el sabor químico de aquel cítrico que irrigaba mi cerebro seco. Inspeccioné todo cuanto me rodeaba. Nadie viajaba a mi lado. Jugué con un pan. Revisé las tarrinas minúsculas e inútiles. Todo había terminado de la misma forma en que comenzó: con un montón de platos que no sirven para nada. Volví el rostro hacia la ventanilla, el cielo negro amanecía con pereza, como si la lenta salida del sol arrancara el día que se extinguía al otro lado del mar. Dejar atrás, ese prodigio que confiere el Atlántico a quienes lo cruzan.

Apenas comí. La azafata se llevó la bandeja y recogió con prisa las servilletas arrugadas y el vaso vacío. El capitán del vuelo 072X anunció que en veinte minutos aterrizaríamos en el aeropuerto de Barajas, Madrid. La temperatura era de veintiún grados. Volví mi cara contra la ventanilla helada otra vez. Estudié el semblante irreal que muestran las ciudades cuando las miras desde el aire: ese aspecto falso, de maqueta y miniatura. Autovías, casas, parcelas, piscinas, coches minúsculos, conductores que avanzan hacia quién sabe dónde. Vidas pequeñas, insignificantes, lejanas. Aterrizamos de golpe. El avión avanzó raspando la pista. El olor del pan frío me siguió hasta la única puerta que desovaba pasajeros uno detrás de otro. Las butacas parecían un campo de batalla: almohadas olvidadas, papeles arrugados, vasos de papel heridos con los restos de zumos y refrescos, el último bostezo impreso en las ventanillas.

Atravesé el túnel con el pasaporte en la mano, cargando mi identidad como si se tratara de una brújula. El aeropuerto exhibía una modernidad de país con dinero. Al llegar al control migratorio, encontré dos filas. Una para los pasajeros de la Unión Europea, la otra para extranjeros. Como quien lleva cosas robadas en el bolso de mano, me planté en la de los europeos. Aguardé mi turno. Un oficial de la Policía Nacional inspeccionó mi pasaporte. Tenía el rostro rasurado y buen aspecto. Su autoridad nunca podría llegar a ser tan peligrosa como la del cabo Gutiérrez con su uniforme militar rematado con insignias.

El trámite de ser otro se complica cuando hay un mostrador de por medio. Es como vender la angustia al peso. El pasaporte español, mi pasaporte, no tenía ni un solo sello en sus páginas. Estaba completamente en blanco. Eso debió de llamar la atención del policía, porque se detuvo examinando cada folio. Miró la fecha de emisión y mi fotografía de Aurora Peralta, lo cerró y lo devolvió. Hasta luego; y nada más. En ese pequeño habitáculo, por obra y gracia del papel timbrado, fui española. Acaso por primera y única vez, fui aquella a la que suplanté.

Avancé con las piernas flojas. Recorrí las galerías y gargantas del aeropuerto empujando mi nombre como si con él iluminase algo. Cuando llegué a la sala de recogida del equipaje, las correas giratorias escupían maletas. Los focos fluorescentes de la sala me parecieron una incubadora en la que crecía, irregular, la mujer que alojaba en mi interior. Yo era mi madre y mi criatura. La obra y gracia de una desesperación. Aquel día, me parí. Me alumbré apretando los dientes y sin mirar atrás. Mi maleta era el último esfuerzo. La cogí por las asas y avancé hasta la salida.

—Maldito país: no volverás a verme nunca más —dije en voz baja.

Aquella mañana, por una vez en mi vida, vencí. Con el arpón clavado en el vientre, pero vencí.

Todo mar es un quirófano donde un afilado bisturí desgarra a quienes nos atrevemos a cruzarlo.

Una familia esperaba con globos y pancartas. Primero parecían eufóricos y a los pocos segundos los remataba una expresión de decepción al comprobar que ninguno de los que salíamos a través de las puertas acristaladas era el viajero al que esperaban. Vi también hombres que sujetaban tabletas electrónicas con el nombre de un pasajero y mujeres demasiado maquilladas, vestidas como azafatas, que aguardaban la llegada de grupos de turistas. Quise golpearlos a todos. No sé la razón, pero quería lastimar, dañar, arrasar. Ser huracán. Una fuerza de la naturaleza. Tiré de mi maleta hasta llegar a un banco libre.

Revisé la dirección: calle Londres, número ocho, Las Ventas. «Es importante que digas al conductor que la dirección está dentro de la M-30», apuntó María José en nuestro último correo. Diez líneas con instrucciones y el deseo final de que tuviese un buen viaje. Pero ¿qué era, después de todo, un buen viaje? ¿A quién se desea tal cosa? ¿Al que regresa o al que se marcha? ¿A la persona que se es al salir o a la que llega siendo ya otra, pues?

¿Qué pasaría si no me presentaba, si me perdía por Madrid y me buscaba la vida sin tener que pasar por la alcabala de una familia a la que no conocía? ¿Por qué tenía que implantarme entre personas de las que nada sabía cuando podía, con mi nuevo apellido, perderme sin dar explicaciones? Sentí miedo, mucho más del que tuve cuando me deshice del cadáver de la mujer que ahora me daba nombre.

Miré mis zapatos, la única prenda propia que vestía. Cualquiera que me viese habría pensado que yo era alguien de provincias que jamás había subido a un avión o utilizado un cajero automático. La ropa estampada y voluminosa delataba suplantación en mi cuerpo. Desde que había asumido ser Aurora Peralta —vestir y lucir como ella, recordar y hasta a veces pensar como ella—, me percibía a mí misma como una mujer indeseable, pasmada y sin atributos.

¿Por dónde comienza una persona a mentir? ¿Por el nombre? ¿Por el gesto? ¿Por los recuerdos? ¿Acaso por las palabras?

Darle voz a Aurora Peralta exigía licuarla dentro de mí, asimilarla hasta parecerme a la idea remota de ella que tenía en mi cabeza. Ser Aurora Peralta imponía un duelo sobre mí misma. Dejar de ser. Perder existencia y concedérsela a la versión suya que tendría que tomar forma en los días siguientes en mi voz, mis recuerdos, en mi manera de reaccionar y desear, en mi aspecto. ¿Con qué rellenaría el primer encuentro, los primeros días, eso que sigue a las instrucciones básicas de aquí está el baño, la cafetera funciona así, la televisión se enciende así? ¿Qué carbón iba a quemar en los ratos que seguían a la tregua de cortesía, a la bienvenida del desconocido? Podía lamentar la muerte de una madre que no era la mía, pero ¿cómo iba a contar su enfermedad y su muerte? Tarde o temprano el tema surgiría. ¿Qué cara debía poner cuando alguna de ellas se refiriera a la casa, esa sobre la que insistieron, tanto Julia Peralta como Paquita, en las cartas que se cruzaron en los últimos años?

Dos días antes de mi viaje abrí la carta de la Seguridad Social española dirigida a Julia Peralta. La fecha de envío era reciente y en ella se pedía una renovación de su fe de vida para asegurar el cobro de la pensión de viudedad. Seis cartas del mismo tipo permanecían archivadas, a una por año desde la muerte de Julia Peralta. Las acompañaba una documentación apostillada en la que Aurora Peralta testificaba ante el consulado español en la ciudad que su madre vivía, pero que sus problemas de salud le impedían presentarse personalmente. Un parte médico, firmado por el mismo funcionario, hacía las veces de prueba. A Aurora Peralta no le dio tiempo a contestar a la última carta; y aunque tomé la precaución de conseguir por una suma absurda un documento parecido, no me atreví a enviarlo.

«Mamá siempre dice que cojo peso», había apuntado Aurora Peralta en la entrada más temprana de un diario que hallé en el cajón de la mesita de noche. Estaba escondido, como si temiera que alguien más fuese a leerlo. Era un cuaderno azul que amarilleaba con aspecto de sábana orinada. Estaba lleno de apuntes escritos con razonamientos simples: bocetos de una adolescente que ardía en resentimiento a medida que se acercaba a la juventud y que terminó por apagarse en la resignación de la adultez. A un renglón por día vivido, ya podía haber llegado Aurora Peralta a los ochenta años y al cuaderno aún le quedarían hojas en blanco.

«Hoy estoy triste.» «Ayer no cené.» «No quiero ir al restaurante.» «Mamá desvaría.» «Engordo, otra vez.» «El humor de mamá es insoportable.» «Hoy he ido al bingo.» «No quiero hablar con nadie.» «Detesto que mi madre me riña.» «Mamá ha querido salir hoy, yo no. Hemos discutido.»

Más que sentimientos, Aurora Peralta volcaba el inventario de alguien que no parecía siquiera obedecer sino pastar. En pocas ocasiones aludía a algo que sobrepasara el universo de su propia salud, las grescas con la madre o el restaurante, en el que cada vez la demandaban con más insistencia.

«No me gusta ese lugar.» «No quiero estar ahí.» «Cocinar me aburre.»

Las anotaciones de los últimos años dibujaban una imagen todavía más borrosa de quién era o qué quería Aurora Peralta. Lo único que dejaba claro era que no le gustaba la casa de comidas y mucho menos trabajar junto a su madre. «Hoy he tenido que freír ochenta empanadas.» «Mamá se irá a la sede del partido a cocinar. No quiero ir. Yo no soy sirvienta.» Descripciones de apenas dos o tres líneas, dotadas de un desprecio hacia la forma ancilar que tenía su madre de ganarse la vida. Su tedio era mucho mayor que el rechazo que aquel negocio le producía.

La enfermedad de Julia Peralta, que ella describía solo como cáncer, tomaba en su diario los atributos de una persona. Un individuo con voluntad. Algo como un nuevo familiar que se mudó al piso donde vivían y al que ella atribuía estados de humor. Todo estaba escrito de forma precaria, casi teatral, como un niño que juega con dos botes de refresco remedando las voces de objetos inanimados.

«Hoy el cáncer ha sido malo con mi madre, la ha dejado tendida en cama. Yo he abierto y cerrado el restaurante; mal.» «El cáncer se ha portado mejor, mamá se ha levantado de la cama.» «El cáncer se puso bravo, no hemos podido abrir hoy. Clínica todo el día, me da pena mamá. Pero ella quiso enfermarse, por estar metida todo el día en ese horno. Lo bueno es no tener que freír.»

Pocos objetos resaltaban entre las cosas de Aurora que encontré en la habitación. No parecía que leyera gran cosa. En la estantería tenía pocos libros, como mucho dos o tres novelas de Isabel Allende y un ejemplar de *Doña Bárbara*, el clásico nacional. Tampoco parecía escuchar música. Le gustaba, eso sí, recortar noticias de la prensa. Tenía colecciones inconexas. Una receta de tocinillo de cielo, arroz con leche o profiteroles junto al avance diario de las telenovelas que ponían en la tele. Podía reconstruirse el histórico dramático de una década entera con su hemeroteca. Aurora debía de sufrir con el desenlace de cada capítulo, porque subrayaba con bolígrafo los resúmenes de los redactores. Finales que a mí me parecían siempre el mismo, pero que ella resaltaba como excepcionales.

Al llegar a la tercera carpeta de recortes me quedé de piedra. Aurora Peralta tenía guardada entre sus cosas la imagen del soldado muerto en la acera, el mismo que descubrí el día de mi décimo cumpleaños y que yo misma conservé durante mucho tiempo. Extendí la portada para revisar la imagen desplegada de aquel chico con las cejas anegadas en sangre. Por el diseño de sábanas dobladas del periódico, entendí por qué Aurora había guardado esa foto: pertenecía al mismo pliego de portada, el que contiene la primera y la última página, donde solían maquetar las reseñas de televisión. En el extremo opuesto del periódico, que informaba del primer estallido social del país en el que ambas crecimos, estaba —debidamente subrayado— el obituario de la actriz Doris Wells, la Fiera. La Wells era nuestra bruja soñada, la malvada elegante, la que doblegaba a todos con sus cejas ásperas y su cabellera dorada. Yo guardaba la muerte de un país, y ella la de una actriz de telenovelas. Los dos fueron una ficción.

Me sentía aturdida, pesada, incapaz de arrastrar el equipaje hasta la puerta del aeropuerto. Cuando levanté la mirada, encontré grupos que repetían las mismas acciones, solo que relevados por otros integrantes. Familias ansiosas a las que el rostro les cambiaba: la sonrisa ante el pasajero que puede ser, esta vez sí, el suyo, y que se borraba de golpe por la decepción, ah, no, ese no es. Pero mira, mira, mira, ¡ese sí! Esparcidos en los laterales, los mismos hombres con tabletas electrónicas en la mano, aunque en realidad eran otros. Las mujeres, también demasiado maquilladas, pero también otras, que recibían a un grupo de japoneses. Todo era igual y distinto, como una lámpara que se enciende y apaga. Y yo ahí, sentada en el mismo banco, sin mover un músculo y preguntándome qué hacer con mi golpe maestro, como si fuera una granada.

Las transfusiones de Aurora Peralta que corrían por mis venas eran insuficientes. Para poner en marcha el motor de este asunto tendría que dar yo toda la sangre. Espabilar. Que Aurora Peralta fuese una desdichada no me obligaba a mí a serlo. Si había llegado tan lejos, no me iba a hundir.

Caminé hasta la parada de taxis.

—A la calle Londres número ocho, por favor —dije al conductor después de cerrar la puerta.

La berlina blanca arrancó a toda prisa y se perdió en la M-30 mientras la voz de un hombre daba la hora en la radio: «Son las nueve, las ocho en Canarias».

Crucé una enorme autovía con edificios acristalados a un lado y otro. El cielo parecía tan limpio como un ventanal. Repasé la biografía de mi nueva familia. María José trabajaba como enfermera en un centro de salud municipal. Después de su divorcio, su hijo y ella se mudaron a un piso de alquiler a unas cuantas manzanas de la casa de Francisca. Es un quinto exterior, muy luminoso. «Te gustará», afirmó en sus últimos correos. Francisca, su madre, vivía en la antigua casa familiar, entre las calles Cardenal Belluga y Julio Camba, muy cerca de la plaza América Española, un lugar que aprendí a querer, por esos tres olivos plantados en una rotonda y que jamás cambiaban de aspecto, lo único firme en aquella vida de cuatro estaciones. Francisca vivía sola, pero la cuidaba una mujer boliviana. La lucidez de Francisca, entendí, iba por rachas. «Ya la verás», escribió María José. «Sí, ya la veré», me dije en voz baja mientras los edificios se quitaban la palabra. Cada uno más alto y moderno.

El taxista giró a la derecha en el puente de Ventas y cruzó por detrás de la plaza de toros, un lugar en el que morían astados y hombres: la misma liturgia de mi ciudad celebrada a la manera de una ópera. Comprar una localidad para ver morir. A mí, qué cosa, me salía gratis.

El número ocho de la calle Londres me pareció un edificio bonito. La puerta estaba abierta. Un hombre de piel curtida y agrietada barría unas escaleras que yo veía impecables. Vestía un mono azul marino y tenía una sonrisa fumadora, llena de parches oscuros. Dejó la escoba y me ayudó a subir el equipaje.

—Voy al quinto.

—Ah, ya..., donde María José. Me avisó de que esperaba a alguien. ¿Quiere que la acompañe?

—No, gracias —zanjé.

Cuando las puertas del ascensor se cerraron, me miré en el espejo. Mi aspecto era lamentable. Estaba agotada, envejecida, agria. Entre la mujer que era y la que me miraba de vuelta cruzaba una larga fila de espectros, versiones lavadas de un documento original. Había perdido mucho peso. Lucía mayor, pasada de moda, como si en lugar de venir de otro país llegara desde otro tiempo. Así debía ser el aspecto de la madre de Aurora Peralta cuando llegó a mi ciudad. Pero yo estaba viva. Ella ya no.

Vivir, un milagro que aún no llego a entender y que muerde con la dentellada de la culpa. Sobrevivir es parte del horror que viaja con quien escapa. Una alimaña que busca derrotarnos cuando nos encuentra sanos, para hacernos saber que alguien merecía más que tú seguir con vida.

Me detuve ante una puerta de madera identificada con la letra D. Erguí la espalda y toqué el timbre. Escuché unos pasos y el crujido de la cerradura al abrir.

—¿Tú eres...?

—Sí, soy yo: Aurora.

Eran las diez y media de la mañana. Las nueve y media en Canarias.

En Caracas, siempre sería de noche.

*Esta es una historia de ficción. Algunos episodios y personajes de esta novela están inspirados en hechos reales, pero no atienden a la exigencia del dato. Se desprenden de la realidad con una vocación literaria, no testimonial.*

# Agradecimientos

A mi hermana Cristina, la poeta que me enseñó a leer dentro de mí misma y vivió como suyas cada una de estas páginas.

A mi madre, por su verdad.

A mi padre, el *Gran Gran Capitán*, por la inmensidad que ocupan sus ojos en mi vida.

A mi hermano Juan Carlos, por enseñarme que existía un mar y que podía cruzarlo cuando quisiera.

A mi hermano Carlos José, por su sonrisa desconcertante en medio de la tormenta.

A María Aponte Borgo, la única y verdadera escritora.

A José y Eulalia Sainz. Ahora os comprendo.

A mis mujeres: a las que escriben y las que no.

A Óscar: sin ti, ninguna novela hubiese existido. Ni esta ni las que duermen en un cajón.

A Emilio, por el empujón hacia *La carretera*.

A Marina Penalva, por saber leer de manera profunda esta historia. Y, sobre todo, por creer en ella.

A Haydn, Mahler, Verdi y a la Callas.

A los cantos de las piloneras que escuché a Soledad Bravo, los tambores de San Juan y al polo margariteño «La embarazada del viento».

A mi tierra, siempre rota. Repartida a ambos lados del mar.